Mindscapes

Laura Riding

MINDSCAPES

Poemas

Seleção, tradução e introdução
Rodrigo Garcia Lopes

ILUMINURAS

A reprodução dos poemas deste livro
[extraídos das obras *First Awakenings: The Early Poems of Laura Riding* (New York: Persea Books, 1992), *The Poems of Laura Riding — A New Edition of the 1938 Collection* (New York: Persea Books, 1980) e do cartaz *A Poem: How a Poem Comes to Be* (Lord John Press, 1980)] foi autorizada pelo
THE BOARD OF LITERARY MANAGEMENT OF THE LATE LAURA (RIDING) JACKSON.

Copyright © 2004 desta tradução:
Rodrigo Garcia Lopes

Copyright © desta edição:
Editora Iluminuras Ltda.

Capa:
Fê
Estúdio A Garatuja Amarela
sobre *Nocturne* (c. 1918), pastel sobre papel [59,1 x 45,6 cm], Joseph Stella.
Cortesia The Toledo Museum of Art; Museum Purchase Fund.

Revisão da tradução:
Chris Daniels

Revisão:
Rodrigo Garcia Lopes
Ariadne Escobar Branco

Filmes de capa:
Fast Film - Editora e Fotolito

Composição e filmes de miolo:
Iluminuras

ISBN: 85-7321-218-7

2004
EDITORA ILUMINURAS LTDA.
Rua Oscar Freire, 1233 - 01426-001 - São Paulo - SP - Brasil
Tel.: (0xx11)3068-9433 / Fax: (0xx11)3082-5317
iluminur@iluminuras.com.br
www.iluminuras.com.br

ÍNDICE

MINDSCAPES: POESIA & POÉTICA DE LAURA RIDING, 11
Rodrigo Garcia Lopes

AGRADECIMENTOS, 49

POEMAS

de Primeiros Despertares
First Awakenings

Para um quase amigo (*To one about to become my friend*), 55
Verdade (*Truth*), 57
O misterioso sejaquemfor (*The mysterious whoever*), 61
Uma gentileza (*A kindness*), 63
O Quarto Poder (*The Fourth Estate*), 65
Dimensões (*Dimensions*), 67
Livre (*Free*), 71

de Os Poemas de Laura Riding
The Poems of Laura Riding

Encarnações (*Incarnations*), 75
Orgulho da cabeça (*Pride of head*), 77
Sim e não (*Yes and no*), 79
Tarde (*Afternoon*), 81
Adiamento de si (*Postponement of self*), 83
Helena em chamas (*Helen's Burning*), 85
de *Ecos* (from *Echoes*), 87
Muito funciona (*There is much at work*), 95

A definição de amor (*The definition of love*), 97
Tamanho natural é demais (*Life-size is too large*), 99
O mapa dos lugares (*The map of places*), 101
Morte como morte (*Death as death*), 103
Os problemas de um livro (*The troubles of a book*), 105
Elegia numa teia de aranha (*Elegy in a spider's web*), 109
Abrir de olhos (*Opening of eyes*), 117
Oceano, filosofia falsa (*Sea, false philosophy*), 121
Por uma tosca rotação (*By crude rotation*), 123
Sono transgredido (*Sleep contravened*), 127
Fim do mundo (*World's end*), 131
Quase (*Nearly*), 133
Fé sobre as águas (*Faith upon the waters*), 135
Ó vocábulos do amor (*O vocables of love*), 137
Além (*Beyond*), 139
Venham embora, palavras (*Come, words, away*), 141
Tantas perguntas quanto respostas (*As many questions as answers*), 147
Terra (*Earth*), 151
E um dia (*And a day*), 153
Com a face (*With the face*), 155
O vento, o relógio, o nós (*The wind, the clock, the we*), 157
O mundo e eu (*The world and I*), 161
Nenhuma terra ainda (*There is no land yet*), 163
Poeta: palavra mentirosa (*Poet: a lying word*), 167
Por causa das roupas (*Because of clothes*), 177
O porquê do vento (*The why of the wind*), 181
Quando o amor vira palavras (*When love become words*), 185
Nada até aqui (*Nothing so far*), 197

COMO NASCE UM POEMA, 201
HOW A POEM COMES TO BE (1980)

FOTOGRAFIAS, 207

LAURA RIDING: UM FÓRUM

Laura (Riding) Jackson e o absoluto poético, 217
   Lisa Samuels
Laura (Riding) Jackson: um breve esboço biográfico, 221
   Elizabeth Friedmann
Um ser se pensa, 227
   Mark Jacobs
A poesia de Laura Riding, e além, 229
   John Nolan
Laura Riding: comentário, 231
   Jerome Rothenberg e Pierre Joris
Perguntas e respostas, 233
   Alan Clark
A razão de Riding, 239
   Charles Bernstein
O sorriso de Laura Riding, 245
   Carla Billiteri e Benjamin Friedlander

SOBRE O TRADUTOR, 249

MINDSCAPES
POESIA & POÉTICA DE LAURA RIDING

Rodrigo Garcia Lopes

> O pensamento é a ocasião da linguagem.
> (Riding, *Rational meaning*, 1997)

> Desde o começo, a poesia para mim era território da vida, não da literatura. — Conhecer a si mesmo e estar num mundo e ter uma história para contar sobre si no mundo. Eu achava que através da poesia uma pessoa poderia saber e viver e dizer com verdade, completamente, exatamente.
> (Riding, *Some notes #4608)*

> Quais as razões da poesia — as razões para escrever poemas, e para ler poemas? A resposta da física seria: uma compulsão tremenda de superar uma inércia tremenda.
> (Riding, "Preface", *The poems*, 410)

Nos anos 20 e 30 do século passado ela foi saudada por W.H. Auden como "a única poeta-filósofa viva" e esteve na linha de frente da poesia contemporânea.

Foi uma leitora pioneira do modernismo e influenciou a crítica moderna — embora de forma não-reconhecida — com o estudo que escreveu em parceria com Robert Graves, *A survey of modernist poetry* (1927).[1]

---

1) Naquele livro, Graves e Riding inauguravam a *close reading* modernista com uma leitura de um soneto de Shakespeare (além de textos de outros poetas como e.e. cummings e da própria Riding). O termo pode ser traduzido tanto como leitura em

William Butler Yeats elogiou (reservadamente) a "intrincada intensidade" de sua poesia e William Carlos Williams, sua recusa ao lugar-comum.

Mais recentemente, Paul Auster a aclamou como "a primeira poeta norte-americana a ter concedido ao poema o valor e a dignidade de uma luta".[2]

Jerome Rothenberg e Pierre Joris afirmam que "se poesia é um questionamento da poesia", como defendem modernos e pós-modernos, "Riding deve ser encarada como participante central em direção a esse objetivo".

E Charles Bernstein, um dos articuladores da *language poetry* nos Estados Unidos, coloca a obra de Riding "entre as maiores façanhas de qualquer outro modernista americano" (*Rational*, prefácio, 10).[3]

Apesar de todas as loas, passados cento e três anos de seu nascimento, Laura Riding (1901-1991) continua sendo um dos casos mais paradoxais e polêmicos da história da poesia contemporânea.[4]

---

close ("próxima", "fechada", "centrada no texto"), em contraposição à chamada crítica impressionista). Trata-se de um método de análise literária intrínseca que teve no Brasil praticantes como Afrânio Coutinho, Antonio Candido, além de Haroldo e Augusto de Campos, e que se detém em todos os aspectos formais do poema. O método desenvolvido no livro inspirou William Empson e o clássico estudo *Seven types of ambiguity*. Tal método foi transformado em "norma" acadêmica nas décadas de 30, 40 e 50, era da hegemonia de Eliot e da Nova Crítica. Embora Riding e Graves reconhecessem que o valor do experimento estava na possibilidade de transformar o leitor num poeta — prevendo, portanto, alguns postulados da Nova Crítica, Estruturalismo, Teoria da Recepção e Desconstrução — os autores alertavam para o risco de transformar o *close reading* numa ortodoxia com efeitos nefastos sobre a poesia: "Pode-se admitir que um interesse excessivo na mera técnica do poema pode se tornar mórbido tanto no poeta quanto no leitor, como compor ou resolver palavras cruzadas" (*Survey*, 25).

2) Em *The art of hunger*.
3) Citado em Jackson, Laura (Riding) e Jackson, Schuyler B. *Rational meaning: a new foundation for the definition of words.* Introdução de Charles Bernstein. William Harmon (ed.). Charlottesville, VA, The University of Virginia Press, 1997.
4) A questão da mudança dos nomes autorais ao longo de sua longa carreira literária (cada um indicando uma ruptura drástica em sua vida) daria um estudo interessante sobre a construção da autoria literária. 1) Laura Reichental (nome de nascença); 2) Laura Riding Gottschalk; 3) Laura Riding; 4) Laura Jackson; 5) Laura (Riding) Jackson.

Sua obra (poemas, ensaios, crítica, novelas históricas, histórias) e sua poética de recusas ainda aguardam o reconhecimento que merecem.[5] No auge de sua carreira, pouco depois da publicação de *Collected poems* (1938) — onde escreveu um prefácio eloqüente defendendo a poesia como um nível de existência humana mais verdadeiro, forma máxima do conhecimento de si e do mundo — Riding renunciou à poesia. Seguiu-se um silêncio de mais de vinte anos e uma retirada total da cena literária. De 1939 a 1970 Riding não publicou nenhum livro. Nesse período, casou-se com um poeta amador e um dos editores de poesia da revista *Time*, Schuyler Jackson. Em 1943, o casal mudou-se para uma pequena propriedade rural na Flórida, onde sobreviviam com um negócio de frutas cítricas e dedicando-se aos estudos lingüísticos, sobretudo à redação de um projeto ambicioso, somente publicado em 1997, após a morte de Riding, com o título de: *Rational meaning: a new foundation for the definition of words and supplementary essays*.

Uma guerra mundial, o domínio de Eliot, da Nova Crítica e seu cânone, a dificuldade de encontrar seus livros (que se esgotaram e deixaram de ser editados), sua proibição de publicar poemas em antologias (especialmente as feministas), sua recusa em ser interpretada, tudo isso fez com que seu nome fosse pouco a pouco

---

5) A situação parece estar mudando no começo do milênio. Desde 2001 pelo menos dez livros de e sobre Riding foram e estão sendo lançados na Inglaterra e Estados Unidos, como *The failure of poetry*, editado por John Nolan. O poeta e crítico britânico Mark Jacobs terminou recentemente o livro *The primary vision*. *Anarchism is not enough*, organizado pela poeta e crítica Lisa Samuels, ganhou nova edição, além de seu estudo *Poetic arrest: Laura Riding, Wallace Stevens, and the modernist afterlife*. A revista *Chelsea* publicou em 2001 um número especial trazendo escritos inéditos da autora, entre eles "O Fracasso da Poesia". A importante revista literária inglesa *P.N. Review* também publicou um dossiê sobre a poeta. Uma biografia autorizada, *When love become words* (escrita por Elizabeth Friedmann), e uma coletânea de textos e ensaios, *A Laura (Riding) Jackson Reader*, também foram editadas. As celebrações do centenário da autora, em 2001, incluíram ainda a publicação da correspondência de Riding, *The breath of letters*, e a reedição de livros seminais há muito esgotados, como o clássico *A survey of modernist poetry* (1927), *A pamphlet against anthologies* (1928) e, sobretudo, *Collected poems*. Dois livros inéditos da autora, *Under the mind's watch* (ensaios) e *A book of later-life commentaries* (memórias) também estão programados.

esquecido. Laura Riding passou a ser uma vaga lembrança na mente dos leitores de seu tempo.

Nos anos 60, no momento em que a hegemonia da Nova Crítica dava lugar aos beats, a poesia confessional, a poesia black, aos objetivistas e outras correntes poéticas, Riding faz seu retorno à cena literária, agora assinando como Laura (Riding) Jackson. Ela chega armada com uma *contra-poética* de raiz fortemente platônica:[6] a de que o discurso da poesia, por ser essencialmente artificial, não é capaz de transmitir a verdade da linguagem humana. "Somente um problema artístico é resolvido na poesia", escreve. E: "A verdade começa onde a poesia termina".[7] Por ser *linguagem em estado de artifício*, a poesia não interessava mais sua ambição radical de, através da linguagem, equacionar o problema da verdade. "Não há um equivalente literário para a verdade", afirma (Riding) Jackson. A poesia moderna havia se tornado um campeonato de técnica e exibição egoístas, com os poetas transformados em novas musas para um público ávido por modismos, simulações de voz, imagens ilusórias e "news". A profissionalização do literário e dos movimentos, a transformação da Poesia em mais uma comodidade e a fetichização estilística estavam contribuindo, segundo ela, para a distorção do foco humanista da linguagem.

Uma possível defesa para a acusação de (Riding) Jackson pode ser encontrada, ironicamente, numa das primeiras fontes do seu pensamento poético. Sidney escreve em seu clássico *An apology for poetry* (*Uma apologia à poesia*) que os poetas não mentem porque nunca afirmam nada como se fosse um fato, o que a história, por exemplo, pretende fazer. E como podemos imaginar a poesia, arte da linguagem — onde o *que* se diz pesa tanto quanto *como* se diz — sem fazer uso de todos os recursos linguísticos à disposição, abrindo mão de seu caráter lúdico, do jogo de sons e sentidos que podemos extrair delas? Será que a verdade é território da poesia?

---

6) Para Platão, a poesia só tem valor na medida em que imita a verdade ideal.
7) Em "Preface", *Selected poems in five sets*. New York, Persea Books, p. 15.

Creio que, nesta questão, Paul Auster acerta em cheio: "Riding abandonou a poesia porque a poesia *como ela concebia* não era mais capaz de dizer o que ela queria dizer. Ela sentiu que havia alcançado 'os limites da poesia'. Mas talvez o que tenha acontecido, ao que parece, é que ela havia alcançado seu próprio limite na poesia" (*The Art*, 69, itálicos meus).

Polêmica à parte, o importante são os assombrosos poemas que ela nos deixou. A longa carreira de Riding cruza o turbulento século 20 como um signo da própria complexidade e extremismo de nossa era. Sua obra narra a saga de uma poeta desde o início obcecada com o problema da verdade, da identidade e da linguagem humanas, num século marcado por guerras, pela propaganda mentirosa, por discursos e intolerâncias. Século em que, pela primeira vez, o ser humano vislumbrou, para seu próprio espanto e temor, a possibilidade real de aniquilar sua própria espécie.

Falecida em 1991, aos 90 anos, e na ativa até pouco antes de sua morte, só recentemente os críticos começaram a se debruçar sobre a obra desta autora que deve ser considerada, ao lado de Pound, Eliot, e. e. cummings e Stevens, uma das poetas norte-americanas mais importantes do século que passou. Apesar da revisão do cânone levada a cabo nos EUA desde os anos 60, mesmo as feministas encontraram dificuldades em lidar com Riding. Por outro lado, críticos e poetas relutaram em respeitar sua descoberta de que "a verdade começa onde a poesia termina",[8] insistindo em fazer dela uma espécie de Rimbaud ou Greta Garbo das letras americanas. Por sua personalidade e posições, Riding sofreu na mão e na boca de poetas e críticos de seu tempo. A poeta, de temperamento forte, famosa pelas brigas que comprou com medalhões da poesia e crítica de sua época, tinha consciência da política dos bastidores literários e da história literária oficial. Como ela colocou num ensaio (escrito aos 85 anos): "Ser crítica em relação à poesia a ponto de renunciá-la, obedecendo sua consciência, faz

---

8) Em "Preface", *Selected poems in five sets*, op. e p. citados.

de você, nos quartéis onde os poetas têm poder hierárquico, alguém para ser mantida tão quieta quanto possível".[9]

Difícil acreditar como uma poeta tão desconcertante, difícil e original continua desconhecida do público e marginalizada pelo *establishment* literário em seu próprio país. A prova de sua relativa invisibilidade está no fato de sua poesia não figurar, até pouco tempo, em antologias canônicas como a Norton ou a Heath. David Perkins, nos dois grossos volumes que constituem seu estudo *A history of modern poetry*, dedica-lhe apenas uma página e meia. Até a virada do milênio existiam apenas dois livros dedicados à sua obra: quase nada, se compararmos com a interminável bibliografia dedicada a T.S. Eliot, Ezra Pound ou Wallace Stevens, por exemplo, ou mesmo a autores mais recentes como John Ashbery e Robert Creeley. O curioso de seu tratamento como uma "figura menor" no cânone da poesia modernista anglo-americana é o reconhecimento que ela teve por colegas de ofício como Auden, William B. Yeats, John Crowe Ramson, Robert Graves e Williams Carlos Williams. Sua influência e importância também foram admitidas por poetas como Sylvia Plath, James Reeves, Robert Duncan, Ted Hughes, Charles Tomlinson e escritores como Paul Auster, Susan Sontag, Harry Matthews, Kathy Acker, entre outros. Mais recentemente, importante mencionar o impacto que sua poesia e poética tiveram em poetas como John Ashbery, Charles Bernstein, Michael Palmer, bem como em formulações da Language Poetry, o último movimento de vanguarda das letras norte-americanas (anos 70/80). Sua "poesia da mente" — onde o que está em jogo é que o que pensamos é a nossa realidade — representa um desvio no paradigma da poética modernista da primeira metade do século: de uma poesia centrada na imagem lírica (e nos postulados simbolistas e românticos) para uma poesia centrada na linguagem. Focalizando a experiência consciente e o tempo duracional do pensamento, os poemas de Riding têm o objetivo preciso de constatar um fato: enquanto

---

9) Em "What, if not a poem, poems?", *The Denver Quarterly*, Summer 1986, v. 31, n. 1.

seres humanos e pensantes, estamos numa condição permanente chamada linguagem. Sua ambição era imensa: fazer a existência na poesia mais verdadeira que a existência no tempo. O crítico Jerome McGann resume assim sua relevância:

> A obra de (Riding) Jackson lida com três matérias de importância especial para a escrita norte-americana recente. Primeiro, sua opção pela prosa assinala a importância que ela atribuía às qualidades retóricas (em oposição às qualidades simbólicas) da linguagem. Longe de ser requisitado a somente "sobre-ouvir" as reflexões sublimes do poeta, o leitor é forçado a assumir uma posição de consciência ativa diante do trabalho. Em segundo lugar, sua escrita é uma continuação da linha construtivista do modernismo (Pound, William Carlos Williams, Gertrude Stein, Louis Zukofsky), que enfatizava a palavra-enquanto-tal. Em terceiro lugar, (Riding) Jackson deu uma guinada definitiva da poesia centrada no "Eu", bem como todas as afirmações que vieram com aquela tradição (a mais importante sendo a idéia do poeta como um gênio ou criador). Engajando-se nessas questões como ela faz (Riding) Jackson levou a prática da poesia a uma crise (*Black Riders*, 129).

Vida

Laura Reichental nasce em Nova York em 16 de janeiro de 1901. Seu pai, imigrante judeu polonês, era alfaiate e um socialista engajado. A mãe, Sadie, era filha de imigrantes judeus. No Brooklyn, Laura tem infância pobre e instável, sendo educada pelos rigorosos princípios políticos de Nathaniel. Entre a política e a poesia, aos 15 anos Laura opta pela última, para reprovação do pai. Mais tarde, consegue uma bolsa de estudos e ingressa na prestigiada Universidade de Cornell, se concentrando em línguas e literatura. Logo abandona a vida universitária para se tornar poeta e pensadora independente. Em 1923 casa-se com o professor de história Louis Gottschalk. Laura Riding Gottschalk (o nome do meio sendo invenção sua), muda-se para Louisville e passa a publicar poemas em revistas literárias pequenas como

Contemporary Verse e *Poetry*. 1924 é um ano importante: ganha um prêmio da revista *The Fugitive*, sendo saudada como "a maior revelação da poesia norte-americana" pelo grupo de poetas-críticos (fortemente influenciados por Eliot) que formaria a infantaria da Nova Crítica.[10] Por terem projetos de vida diferentes, Laura e Louis se divorciam. "Os fugitivos" também sentem dificuldade com a personalidade forte de Riding e as relações esfriam. Laura parte para Nova York, onde tem um breve período boêmio, tornando-se amiga íntima de Hart Crane e conhecendo figuras como e.e. cummings, Malcolm Cowley e Edmund Wilson.

No fim de 1925, a convite de um admirador, o escritor e poeta inglês Robert Graves (autor do clássico *The white goddess*), Riding parte para Londres para trabalhar com ele num livro sobre poesia modernista. O impacto de Riding na vida e obra de Graves (então conhecido por suas memórias como ex-combatente na Primeira Guerra, *Goodbye to all that*) foi imenso. Os 14 anos de parceria emocional e intelectual foram produtivos para ambos. Nos três primeiros anos na Inglaterra, Riding, Graves e sua mulher Nancy formaram o que chamavam de "Trindade", dividindo tarefas domésticas e o cuidado com os filhos de Graves. No mesmo ano, a poeta muda seu nome, legalmente, para Laura Riding. Nesse período conhece a nata do modernismo anglo-americano: Eliot, Stein, Windham Lewis, Yeats e Pound. Seu primeiro livro, *The close chaplet*, é publicado em 1926 pela editora de Leonard e Virginia Woolf. No ano seguinte lança, em parceria com Graves, um dos diagnósticos pioneiros da poesia contemporânea, *A survey of modernist poetry*.

O livro causa polêmica por defender, por exemplo, os "modernismos" de Gertrude Stein e cummings, tendo também influência seminal no desenvolvimento da Nova Crítica. Elogiada por poetas em ascensão como Auden e Stephen Spender, a figura "exótica" de Riding começa a atrair atenção. No intenso e prolífico

---

10) Ironicamente, Riding seria excluída do poderoso e influente cânone poético e crítico produzido pelo *New Criticism*, que dominou as letras americanas até os anos 50.

período londrino, publica livros ambiciosos, como os próprios títulos indicam: *Anarquia não é o bastante* e *Um panfleto contra antologias* (este último em parceria com Graves). Com Graves, funda a editora Seizin Press, publicando seus próprios livros, bem como *Acquaintance with description*, de Stein. Na conservadora Inglaterra, Riding teve de se impor por seus próprios méritos. Ela não se encaixava nos pré-requisitos do "clube". A recepção a seu trabalho, no entanto, quase sempre é hostil (ser uma mulher inteligente, de descendência judaica, norte-americana e poeta, nos tensos e anti-semitas anos 30, não contribuía muito para sua aceitação na cena literária). Como Jed Rasula escreveu: "Numa atmosfera poética controlada pela presença e os pronunciamentos augustos de T.S. Eliot, o primeiro trabalho certamente surgiu como uma afronta à recém-proclamada dignidade que a poesia havia alcançado. Ela surgiu, como Atena, armada até os dentes" ("A renaissance", 167).

Tudo parecia correr bem até que um evento trágico mudaria a vida da chamada "Trindade". Em 1929, durante uma discussão em que estavam presentes Nancy, Graves, e um "discípulo" de Laura (Geoffrey Phibbs), Riding se atira da janela do quarto andar do apartamento londrino (Graves a segue, se atirando do terceiro andar). Laura sobrevive da queda, passando por várias cirurgias e uma temporada no hospital. O acontecimento repercute, pois Graves é uma figura literária conhecida. Em busca de sossego e de uma vida mais barata, tão logo Riding se recupera os dois partem para a França e depois para Majorca, onde vivem seis anos de intensa atividade intelectual. Na ilha espanhola Riding recebe visitas esporádicas de amigos e admiradores, retoma a editora artesanal, sempre envolvida em projetos coletivos (como a revista *Epilogue*). A vida paradisíaca e utópica na ilha é interrompida pela explosão da Guerra Civil espanhola, em 1936, que os obriga a abandonar a Espanha em poucas horas. De volta a Londres, organiza e publica sua principal obra, *Collected poems* (1938), reunindo 181 poemas selecionados de seus nove livros anteriores.

No ano seguinte, a convite de um amigo, o jornalista Tom Matthews, Riding, Graves e alguns amigos partem para os EUA. Em sua estadia, ela conhece Schuyler Jackson (que havia escrito uma crítica altamente elogiosa a Riding na revista *Time*). Durante a temporada na fazenda de Jackson e sua família (mulher e quatro filhos), os dois se apaixonam. Riding rompe com Graves, que volta para a Inglaterra. Pouco tempo depois, em circunstâncias no mínimo estranhas, a mulher de Jackson enlouquece e é internada num manicômio. Em 1941, Riding casa-se com Schuyler. Nessa época, já havia abandonado a poesia. Em 1943, o casal se muda para uma pequena fazenda em Wabasso, Flórida. Quase isolados do mundo a não ser por intensa correspondência (na casa não havia luz nem telefone), o casal passa a levar uma vida rural, dedicando-se ao antigo projeto de Riding, um dicionário, e ao negócio de frutas cítricas.

Só em 1962 a escritora voltaria à cena literária, agora assinando como Laura (Riding) Jackson, deixando explícita sua identidade de poeta como sendo algo do passado (porém enfatizando sua presença autoral). Nesse ano ela grava um programa para a BBC de Londres, onde explica pela primeira vez as razões por ter abandonado a poesia. Viúva de Schuyler (que morre em 1968), e depois de muito tempo sem ser reeditada (a última edição de *Collected poems* sendo de 1938), em 1970 sua poesia volta a circular em livro. Nesse retorno, passa a chamar a atenção de uma nova geração de leitores, críticos e escritores, como Paul Auster, que escreve: "Nenhum escritor exigiu mais das palavras do que Laura Riding". Em 1972, Riding publica a prosa meditativa *The telling*. Nos anos 80, escreve em profusão (não poesia) e publica com freqüência em revistas. Continua polemizando com críticos, enquanto acompanha a reedição de seus livros. Morre em 2 de setembro de 1991.[11] No início do mesmo ano, Riding conquistou o prestigioso *Prêmio Bollingen* em poesia. O reconhecimento, como costuma acontecer, veio tarde demais.

---

11) Para mais dados biográficos, ver texto de Elizabeth Friedmann no fim deste livro.

UMA POÉTICA DE EXTREMOS

> Poética é a continuação da poesia por outros meios.
>
> Charles Bernstein (*A poetics*, 160)

A paródia de Bernstein da famosa frase de Clausewitz ("A política é a continuação da guerra por outros meios") é apropriada aqui. A frase sugere que o que costumamos chamar de "o poético" não está isolado apenas em seu sítio específico — o poema — mas também incorporado no processo de leitura, na maneira como alguém aborda, faz, pensa e escreve sobre poesia. Falar da poética de Riding, portanto, é falar um pouco sobre o elenco rigoroso de princípios éticos e lingüísticos elaborados ao longo de sua carreira, em ensaios e livros como *Anarchism is not enough, A pamphlet against anthologies, A survey, The telling*, bem como os polêmicos prefácios que escreveu para seus próprios livros. Claro que Riding rejeitaria de pronto minha tentativa de definir sua poética. Como ela escreve numa carta a Michael Trotman, em abril de 1986: "...o que você chama de minha 'estética'. Eu não tenho uma. Eu não tenho opiniões sobre o que é chamado de poético". Seu problema com o termo, suspeito, esteja nas conotações de sistematização literária e esteticismo que sua obra rejeita. E é em sua resistência em ser absorvida pelo sistema literário e sua política, em sua crítica à Poesia enquanto instituição, em sua decisão de escrever a partir de seus próprios princípios e rejeitar idéias de ordem e tradição, que repousam os elementos inquietantes e incômodos de sua obra. Podemos mesmo dizer, contra Riding, que não só ela dispunha de uma poética, mas que o tempo todo ela faz de sua teoria uma prática e vice-versa. Uma revela a outra.

MINDSIGHT

O primeiro texto em que Riding esboça sua poética é "A prophecy or a plea" (1925). Escrito aos 24 anos, o ensaio pode ser lido como um manifesto. Em tom polêmico, se posiciona contra teorias poéticas românticas, simbolistas, expressionistas e impressionistas de poesia. Mais importante, começa seu texto com uma afirmação que norteará sua prática de escrita pelo resto da vida: "O evento ao mesmo tempo mais angustiante e comovente na vida de um ser humano é a descoberta de que se está vivo. Daquele momento até sua morte o fato da vida é um brilho branco constante sobre ele, um sol sem sombra e que nunca se põe" (*First awakenings*, 275).[12] O enfoque sobre a poesia, desenvolvido aqui, é mais humanista que estético. Da metáfora entre a vida na escuridão e à luz do dia — ecoando o mito da caverna platônica — Riding passa a criticar o comodismo de grande parte de poetas e leitores de seu tempo. Ela define duas atitudes que se costuma assumir: a primeira encara a arte da poesia como uma "evocação das sombras". A luz constante da realidade força os seres humanos a fechar os olhos, seja em sonhos, fantasias, ou em mitos. Nessa atitude em relação à realidade, a poesia passa a ter a função de uma droga ou remédio, alienando o poeta e o leitor deles mesmos. Seria poesia como mero *entretenimento*, diríamos hoje.

Para Riding, o caminho a tomar seria outro: os poetas haviam historicamente confiado demais no inconsciente, deixando o *consciente* (ou o que ela, em outra parte, chama de "a consciência da consciência") largamente inexplorado. O verdadeiro poeta é aquele que enfrenta a luz da realidade, ou a "sensação do que acontece", para tomarmos uma expressão do neurolingüista Antonio Damásio. A poesia tinha que deixar de ser meramente mimética, a "tradução" de uma sensação ou o registro de uma imagem. Deveria retomar sua tarefa de criar uma nova realidade humana, uma "vívida realidade de palavras" (Riding), por meio da pressão do sentido (ou seja, da consciência) sobre a linguagem. Poesia tornava-se, acima de tudo, um ato crítico: "Estou insistindo que a pressão é um desafio não para um recolhimento na penumbra da introspecção e sim para o nascimento de uma nova bravura

---

12) Riding, Laura. "A prophecy or a plea", 275, *First awakenings: the early poems of Laura Riding*. Laura (Riding) Jackson (ed.). Nova York, Persea Books, 1992.

poética que possa trocar o *insight* pelo *outsight*, e encarar a vida não como uma influência sobre a alma, mas a alma como uma influência sobre a vida" (276).

A fórmula socrática "conhece-te a ti mesmo" é imperativo em Riding. E ela acreditava que as descobertas que um poeta faz em si mesmo são acessíveis a todos. O poeta também reaparece como demiurgo, alguém que possui o poder de nomear o mundo, de *recriar a realidade através das palavras*. O conceito-chave do ensaio é *outsight* (ou *mindsight*), que pode ser resumido como o poder da poesia de afetar o mundo exterior mais do que ser meramente afetada por ele. Assim, *mindsight* refere-se à complexa negociação do corpo & da mente com o mundo; o mapeamento da consciência provocado pelo movimento das palavras no poema. O poeta deve se comportar (como Riding afirma, ao mencionar o exemplo de Walt Whitman) como um pioneiro entrando num território desconhecido, "e é por isso que a atitude do poeta pode às vezes parecer um pouco difícil ou rude" (*First*, 279). O poema surge como uma espécie de novo mundo a ser reformulado pela mente em seu estado mais ativo. Esta negociação entre mente e realidade, natureza e natureza humana, bem como as relações entre pensamento e sensação, poesia e pensar, estão no centro da poética exploratória de Riding e seus poemas mais importantes. Como Whitman, que chamou *Leaves of grass* de "um experimento de linguagem", a poesia de Riding celebra o *self* — a consciência de si e da linguagem — mas de maneira radicalmente pós-romântica.

A INDEPENDÊNCIA DO POEMA

Em *A survey of modernist poetry* (1927), estudo pioneiro da cena modernista e que teve direta influência em *Seven types of ambiguity*, livro seminal para o *New criticism*, Riding e Graves defendiam a poesia de seu tempo da freqüente acusação de ser propositadamente difícil ou obscura. A poesia modernista, defendem os autores, ao descobrir novos valores para o ser humano e investigar a própria produção do sentido, coloca a linguagem em xeque. Rebatendo as críticas comuns de "ilegibilidade" da poesia modernista, argumentam que o "leitor comum" está despreparado ou indisposto a encarar as diferenças de forma & conteúdo articuladas pela poesia modernista em relação a modos tradicionais ou aceitos (baseados na idéia de linguagem como um veículo transparente que indica a realidade, ou na linguagem da fala ordinária, no sentimento, ou ainda em padrões métricos, metáforas, símbolos, temas e rimas convencionais).

Para entender a poesia modernista, o leitor deveria assumir uma atitude mais participativa, sair de sua inércia mental. Nessa experiência, ele é desafiado a interagir ativamente, dialogicamente, com o que está lendo. Poesia é sempre uma transação, não uma atividade unilateral. O leitor deve ser o co-autor do poema que está lendo. Ler um poema não é o mesmo que ler um jornal ou um livro de auto-ajuda. "Poemas não vão servir como matéria de leitura quando você quer um romance policial, ou uma peça, ou outra coisa que não seja poemas; uma vaca não tem valia quando você quer um cavalo, nem açúcar quando você quer sal" (*Collected*, 411). Um bom poema força a mente a ficar em seu estado mais alerta (ver "Sono transgredido" e "O vento, o relógio, o nós", nessa antologia). "Procurar a poesia é o ato mais ambicioso da mente", ela escreverá no prefácio de *Collected poems*. Para Riding e Graves, não se pode meramente ler um poema apressadamente e dizer que não se entendeu. Ou seja, a faísca no papel que se chama poesia só é possível se o leitor sair de sua posição sedentária e *pensar*: "Quais as razões da poesia — as razões para escrever poemas, e para ler poemas? A resposta da física seria: uma compulsão tremenda de superar uma inércia tremenda" (*Collected*, 410).

Em outra parte considerável de *A survey*, os autores acusam a paráfrase como uma maneira equivocada e viciada de ler um poema (antevendo formulações da Nova Crítica[13]). Em vez de sair do

---

13) Também há pontos de contato entre a poética traçada em *A survey* com os principais postulados do Formalismo Russo: ênfase no poema mais que no poeta (proposições que Pound e Eliot também defendiam), organicismo, crítica à velha fórmula poesia = imagem, foco no *estranhamento* literário etc.

contexto do poema para explicá-lo sob argumentos históricos ou dados biográficos do autor, deveríamos nos concentrar no "poema em si mesmo". Ler um poema enquanto poema implica em não lê-lo como uma reflexão direta da vida do autor ou mero reflexo da cultura de seu momento histórico, um manifesto político, uma "pintura" ou "filme" feito de palavras. Para demonstrar seu argumento, os autores acabam fazendo um exercício pioneiro e genial de *close reading*, defendendo e demonstrando que a chave para a leitura de um poema está no exame atento de sua própria estrutura, articulação, vocabulário, até mesmo a pontuação. O poema, por sua vez, é definido como "uma coisa à parte, um universo recriado próprio, átomo por átomo". Os autores defendem os poetas da acusação de serem propositadamente obscuros. Afirmam que, muitas vezes, a famigerada "dificuldade" da poesia modernista funciona como uma estratégia para não ser fetichizada, transformada em algum tipo de mercadoria ou utensílio. Pois, como ela afirma ironicamente em "What is a poem", de *Anarchism is not enough*:

> Por persistência, o poema pode ser transformado em alguma coisa, mas então ele passa a ser alguma coisa, não um poema... Aonde quer que este vácuo, o poema, ocorra, há uma agitação de todos os lados para destruí-lo, para convertê-lo em outra coisa. A conversão do nada em alguma coisa é a tarefa da crítica (16-18).

A survey também fazia apostas literárias, ao chamar a atenção para as práticas textuais radicais de Gertrude Stein e e.e. cummings. Stein é elogiada por sua consciência de que a "linguagem tinha de ser reorganizada, usada como se nova, limpa de sua experiência" (274). Seu uso de repetição e o método de "começar de novo e de novo" são importantes, segundo os autores, para "romper com os sentidos históricos ainda inerentes nas palavras" (285). À sua maneira, a própria Riding usará algumas descobertas steinianas (o uso de permutação e repetição) em poemas como "Dor" e "Elegia numa teia de aranha". e.e.

cummings, por outro lado, é evocado pela abordagem poética original, sua compactação de expressão e experiências verbais inovadoras. Por meio das leituras de poemas de diferentes períodos (de Shakespeare a e.e. cummings), enfocando o texto, suas articulações e possíveis leituras, *A survey* foi pioneiro ao introduzir uma teoria da sincronicidade das obras literárias: a defesa que o livro faz é que, em sua condição textual, todos os poemas são contemporâneos. Um dos primeiros livros a debater a poesia modernista anglo-americana, a obra também acaba sendo sintomática da construção do modernismo como uma matriz de discursos complexos e que competiam entre si.

Como vimos, em *A survey* o poema é definido não como um objeto, mas como um criatura viva, orgânica, autônoma, em seu pleno direito de existir. Ao contrário da "urna bem fechada" da Nova Crítica, do "objetivo-correlativo" de Eliot, ou da fetichização da imagem de muitos modernistas, os autores defendem que "a poesia modernista é uma declaração da independência do poema" (*Survey*, 124). Depois de escritos, "os poemas começam a viver uma vida própria a qual o poeta não tem responsabilidade de propagandear ou vender: que eles alcancem o leitor é um assunto inteiramente entre eles e o leitor". É inegável que Riding e Graves estavam de acordo com certos aspectos da teoria da autonomia e forma orgânica de Samuel Coleridge, ou do "impersonalismo" da teoria de Eliot, só que dando personalidade ao *poema*: "uma criatura nova e auto-explicativa" (124), "uma vívida realidade de palavras". Em vez de escrever sob o peso de uma tradição, argumentam, os poetas devem ter permissão para escrever uma poesia que se inventa — se *reinventa* — a cada novo poema.

A ambição de Riding e Graves no livro era fazer de cada poema um evento humano mais universal, menos limitado pelo "espírito dos tempos" e por estruturas de autoridade, menos dependente de uma tradição literária e sua ideologia patriarcal, de lógica darwinista (linha evolutiva, seleção natural). A crítica ao projeto eliotiano é evidente. Como Riding escreveu: "Ninguém parece perceber que a destruição da poesia como uma tradição não destruirá a poesia em si" (*Contemporaries*, 142).

A meu ver, em lugar do *Zeitgeist* (espírito dos tempos) — com seu elenco de mitos, símbolos, ideologias, modismos — Riding propõe aos poetas e leitores que se concentrem no *Jeitzeit* (agoridade) do pensamento, afirmando o poema como um ser de linguagem, a "consciência da consciência". Essa abordagem destoa da idéia de poesia como "a verdadeira voz do sentimento" (Romantismo), ou ancorada em símbolos, mitos, na História ou, ainda, no valor epifânico da imagem (Imagismo). Esta posição a-histórica é tomada, é bom lembrar, nos turbulentos e altamente politizados anos 30, em pleno apogeu de Eliot e Pound. Mesmo tendo sido duramente criticada, é uma resposta à hegemonia da poesia engajada e política de Auden e Spender, entre outros, ou à centralidade do uso do mito em Eliot, ou à História e da imagem em Pound. Uma guerra entre *discursos* sobre poesia, no sentido que Foucault dá ao termo: como práticas institucionais, ideológicas e teóricas que atingem (ou lutam para atingir) um poder hegemônico durante um determinado período histórico.

Em "The corpus", ensaio de *Anarchism is not enough*, vemos Riding como inimiga da idéia de cânone (o elenco dos autores a serem imortalizados pela história literária). Ela se opõe à idéia de "tradição e talento individual" posta em voga por Eliot. Essa Ordem, esse Corpus (o Cânone), Riding argumenta, é sempre imposto por um grupo. E é perigoso, pois limita a ação do indivíduo: "O corpus social é tiranicamente fundado no princípio de origem. Não admite nada novo: tudo é revisão, memória, confirmação. O cosmos individual precisa se submeter ao cosmos generalizado da história, ele deve se tornar parte da crescente enciclopédia de autoridades... O grupo só está interessado na publicação formal de indivíduos para o propósito de estabelecer sua solidariedade social". Portanto, só o que um grupo hegemônico valoriza e imortaliza como "original" é aquilo que é reconhecível do passado literário já estabelecido. Para Riding, a idéia hegemônica de "tradição e talento individual" dava margem à criação de um cânone modernista paradoxalmente conformista e conservador.

MINDSCAPES/PENSAGENS

> Eu me dediquei à poesia pela promessa que ela assegurava de uma performance mais definitiva da articulação da experiência mental.
>
> (Riding, *Commentary*, 25)

Enquanto estudava e traduzia a poesia de Riding, influenciado principalmente por suas próprias formulações, bem como por dois ensaios de Bernstein, "Thought's measure" e "Writing and method",[14] o conceito de *mindscapes* surgiu como adequado para aplicar à sua poética: seus poemas são mapas de uma consciência desperta, espaços verbais onde linguagem e pensamento desejam-se um. Ela põe em prática, na carne de seus poemas, a idéia de que as palavras devem ser mais do que meras descrições do mundo e das experiências, e sim a própria fonte dessas experiências. Sem deixar nunca de reconhecer que, sem o corpo, a experiência mental seria impossível.

Eu uso o termo *mindscape* para distingui-lo do termo familiar *landscape* (paisagem), diretamente associado a uma idéia de cenário exterior, com ênfase na imagem visual e na descrição da "realidade objetiva". Como explica James Heffernan, *landscape* foi usado primeiramente "como um termo técnico para uma pintura representando cenário do interior do país; sendo depois usado para designar uma extensão de terra que podia ser vista de um único ponto de vista; e, finalmente, veio a designar o cenário natural como um todo" (3).

---

14) Bernstein, Charles. "Thought's measure" e "Writing and method", Content's dream: essays 1975-1984. Los Angeles, Sun & Moon Press, 1986 / Evanston, IL, Northwestern University Press, 2001.

As *mindscapes* (que poderíamos traduzir como "pensagens") se recusam a ser meras descrições de um mundo externo. Ou mesmo um cacho de imagens ou "objetivos correlativos" que conduzam a uma epifania. Elas buscam, ao contrário, um radical estranhamento, um questionamento do visível. Nelas, o que temos é uma consciência furiosamente em luta consigo mesma. Podemos dizer, portanto, que Riding pertence àquela estirpe de poetas para quem "a mente pensando se torna a força ativa do poema" ("Thought's", 67).[15] Comumente suas "pensagens" desorientam os pontos de vista e rompem as expectativas do leitor, com as palavras sendo conduzidas a um limite de inteligibilidade ou do pensamento abstrato (como em "Elegia numa teia de aranha" ou em "O mapa dos lugares", para citarmos apenas dois exemplos). Como explicam Carla Billiteri e Ben Friedlander na sessão final deste livro: "para Riding não basta cortejar o abrir dos olhos do leitor. O leitor precisa pensar, e pensar exige distinção, divisão, dialética, antagonismo, observações cortantes".

Trata-se, portanto, de uma poesia menos centrada na imagem,[16] no referente, na descrição visual, e mais no conceito de que *o que pensamos é a nossa realidade*. Riding queria romper com as linhas que demarcavam o concreto e o abstrato. Para ela, tratava-se de concretizar o abstrato e vice-versa, com o próprio processo de significação poética sendo posto em questão ou em circulação. A força de sua poesia se dá, em boa parte, na tensão que ela cria entre o mundo interior mental e o mundo físico exterior. Seus poemas participam, assim, da ruptura dos padrões de pensamento e percepção tão caros ao modernismo.

Se a linguagem é pensamento e pensamento é linguagem em ação, o objetivo dessa poesia de lucidez furiosa seria captar "a linguagem da mente / Que não sabe como parar", como escreve

---

15) Op. cit.
16) O termo Imagem, aqui, é usado nos vários sentidos, como W.J.T. Mitchell explica, em forma de árvore genealógica, com as seguintes categorias: 1. Semelhança, similitude. 1.1. Gráfico: imagens, pinturas, desenhos. 1.2. Ótico: espelhos, projeções. 1.3. Perceptivas: informações sensoriais, aparências. 1.4. Mental: sonhos, memórias, idéias, fantasmata. 1.5. Verbal: metáforas, descrições.

em "Por uma tosca rotação". O conceito de *mindscapes*, portanto, é útil para entendermos o aspecto de uma poesia que objetiva capturar o movimento do pensamento e sua sintaxe.

Poesia da experiência consciente

"Nossa relação com a realidade", escreveu Wittgenstein, "é realizada na atividade de pensar. O dobramento do eu e do mundo se reflete na atividade de pensar. Assim, a linguagem é o meio autêntico no qual o mundo e o eu se espelham mutuamente. [...] Quando eu penso em linguagem não existem 'sentidos' passando em minha mente em adição às expressões verbais; a própria linguagem é o veículo do pensamento" (citado em Brand, 329).

A idéia de pensamento não como algo cujo conteúdo está separado de sua forma e ocorrência, e sim encarado como a própria experiência da linguagem ("uma realidade vívida de palavras"), é um dos focos da poesia de Laura Riding. Em poemas como "O mundo e eu" a relação descrita por Wittgenstein é diretamente dramatizada pela presença crítica e onipresente da mente: "Isso não é bem o que quero dizer, não, / Nada mais do que o sol é o sol. / Mas como significar mais corretamente / Se o sol brilha aproximadamente?" Há a percepção da poesia como sendo incapaz de fazer o mundo (a realidade exterior) e o eu (a mente) se encontrarem. Como dar um sentido de permanência ao que está sempre mudando? Apenas por meio de jogos de linguagem? Como entidades, o mundo e o *self* (a consciência de si mesmo) estão condenados, segundo o poema, a viverem vidas separadas, em atrito a não ser em encontros passageiros. O questionamento da metáfora como único instrumento para atingir o conhecimento, a falta de imagens visuais precisas, são características que chamam a atenção na primeira leitura. A indeterminância do sentido inerente à linguagem humana parece ser o tema deste e de outros poemas deste livro.

Os poemas de Riding põem em ação uma poética da consciência desperta, que exige do leitor total atenção ao *que* e *como* algo está sendo dito/pensado. Obviamente, a experiência consciente ("a sensação do que acontece", segundo Damasio) é indissociável do corpo, sendo um conglomerado de emoções, sensações auditivas, experiências visuais etc. Não que imagens deixem de existir na poesia de Riding: parece-me que sua intenção é sempre *desconstruir* as imagens, criticar sua superfície (uma extensão do idealismo platônico?). Sua preferência, em alguns poemas, é trabalhar com uma metáfora mas submetê-la a um teste no decorrer do poema para assim mostrar a fisicalidade da mente em ação (ver "Os problemas de um livro", "O vento, o relógio, o nós", "Mapa dos lugares", e "O porquê do vento", entre outros desta seleção). A estratégia adotada pela poeta é a de que o visível precisa ser imediatamente filtrado e processado pelo intelecto: "A sucessão de coisas lindas / Deleita, não ilumina. / Não sabemos nada, ainda. / A beleza será verdade apenas uma vez". Em "Sim e não": "Ah, os minutos piscam e despiscam, / Fechados e abertos vão e vêm, / Um por um, nenhum por nenhum, / O que sabemos, o que não sabemos". Como apontou Ben Friedlander, na poesia de Riding "o mundo visível é uma sinédoque do pensamento — como se as *coisas* fossem mesmo verdadeiras peças do intelecto" ("Laura Riding", 37).

Para Riding, a abstração é a natureza da mente, e não a mente um reflexo da natureza.

A mudança de ênfase observada em sua poética anti-simbolista e anti-imagista, recuperando as qualidades retóricas da poesia numa espécie de "música do sentido", é uma intervenção poética notável dentro do contexto do modernismo. Ainda mais se tivermos em mente, como nos lembra Marjorie Perloff, que "de Blake e Hölderlin aos surrealistas e depois, a imagem, em suas várias encarnações enquanto representação pictórica, tem sido entendida como a própria *essência* do poético" (*Radical*, 57, itálicos meus). A crítica americana ainda diz algo sobre a dificuldade dos poetas contemporâneos que ilumina a atitude de Riding nos anos 20 e 30: "a atual suspeita da poesia 'cheia de imagens', por parte das poéticas mais radicais, tem muito a ver com a atual produção e disseminação de imagens em nossa cultura" (57).

O objetivo dessa poesia reflexiva, abstracionista, em termos de aplicação poética, se observa também na rejeição de formas e metros tradicionais. Alie-se a isso sua noção de ritmo não como algo dado, mas algo que o poeta descobre no processo de escrita. O poema como algo que cresce organicamente na "luta com as palavras". Como soube ver Paul Auster, a "qualidade excepcional dos poemas de Riding está na exposição espantosa da consciência se confrontando e se examinando" (66).

DESGEOGRAFIAS

A definição do poema como sendo um texto capaz de criar um "vácuo na experiência", defendido em *Anarquia não é o bastante*, além da idéia da poesia como uma condição ou estado de existência — "uma habitação poética contínua" — refletem sua visão de linguagem: um lugar alternativo e permanente, capaz de abrigar um "eu" mais verdadeiro, menos fragmentado por divisões geográficas, patriarcais e tradicionais.

Em poemas como "Fim do mundo", "Laura e Francisca" (não traduzido aqui), "Nenhuma terra ainda", "Terra", "Sim e não", "Poeta: palavra mentirosa" e "Nada até aqui" Laura Riding criou uma utopia lingüística nomádica, verdadeiras desgeografias verbais, levando seu projeto poético a um limite. Como diz a narradora em "Uma última lição de geografia": "A geografia contém muitos erros, mas a história corrige esses erros — que são, de fato, a substância da história — ao passar. Lições de geografia são de fato bem desnecessárias [...] A verdade é um mundo que vive para sempre, e as pessoas fortes realmente existem por um tempo. Mas existir por um certo tempo num mundo que dura para sempre só pode significar estar em algum lugar — aqui ou ali ou ali — nele; só ela estava em toda parte nele" (251).

O ficcionista Harry Matthews escreve, em relação ao livro de estórias de Riding (neste caso talvez fosse mais apropriado falar de "desestórias"), que seus textos buscam territórios que não estão em nenhum mapa. Isto se aplica também a sua poesia, a meu ver, sendo exemplar em poemas como "O mapa dos lugares":

> O mapa dos lugares passa.
> A realidade do papel se rasga.
> Onde terra e água estão,
> Estão apenas onde já estavam
> Quando palavras se liam *aqui* e *aqui*
> Antes dos navios acontecerem por ali.
>
> Agora de pé sobre nomes nus,
> Sem geografias na mão,
> E o papel é lido como antigamente,
> E os navios no mar
> Dão voltas e voltas.
> Tudo sabido, tudo encontrado.
> A morte cruza consigo por toda parte.
> Buracos nos mapas dão em lugar algum.

Ou, para fazermos um exercício semiótico com o original em inglês:

> H●les in maps l●●k thr●ugh t● n●where

Estamos longe do universo de imagens precisas de Pound. Ou dos passeios demiúrgicos da imaginação de Stevens.

Convencionalmente, mapas são uma maneira de organizar informações espaciais e geográficas para serem usadas em atividades humanas. Um mapa funciona como um mediador entre uma pessoa e o ambiente, ajudando-a a se mover e navegar por ele. Parece ser precisamente essa idéia que está sendo desmantelada aqui. O poema é um bom exemplo de sua intenção de "viajar por novos lugares no pensamento" (*Contemporary poets*, 809)[17] num tempo em que o planeta já foi totalmente "descoberto". Ele começa com um paradoxo: esse mapa, embora fixo no papel, não só "passa" (morre) fisicamente como também se move, de modo que seu próprio corpo está gasto, quase ilegível. O leitor é informado de que, nesse espaço, terra e água não são o que eram "antes dos navios acontecerem por ali". Mas onde é esse "ali"? Quando foi que os navios "aconteceram"? E o que é o "tudo" que é encontrado? Como o leitor pode se localizar no que está sendo mapeado?

Sendo altamente generalizante, o poema não dá nenhuma pista. Além do mais, nesse espaço tautológico, as coisas têm sentidos intrínsecos: elas "são" o que "são". As palavras habitam um "aqui" sem sentido, antes desse lugar ser descoberto e receber um nome. O tempo é incerto, e mesmo o papel é lido como se antigo (como quando achamos um jornal com notícias velhas). Curiosamente, a segunda estrofe começa com uma palavra recorrente na poesia de Riding: *now* ("agora"), que reaparece no fecho do poema, embutida no advérbio *nowhere*. A palavra significa, segundo o *Oxford english dictionary*, "em lugar nenhum", "um lugar que não existe", "um lugar desconhecido", mas também "um lugar desabitado". "Holes in maps look through to nowhere" ("os buracos nos mapas, quando se olha através deles, dão vista para lugar algum"). Um "lugar nenhum" (*nowhere*) que também pode significar um "agoraqui" (*now/here*)? A sensação de indeterminância espacial e temporal é imitada pelas palavras do poema, como o uso de itálicos para a palavra *aqui*, logo após o verbo *read* (ler). Como um mapa, esse poema paradoxal se posiciona entre o leitor/explorador e o ambiente, só que numa terra ausente de referenciais.

Esta *opacidade* seria uma crítica à função descritiva da linguagem? Achamos que sim. Na poesia de Riding é comum as palavras servirem como anti-imagens, defletindo o leitor e tirando-o da reação automática de procurar visualizar uma determinada

---

17) Chevalier, Tracy. "Laura Riding", *Contemporary poets*. Chicago, Saint James Press, 1991.

cena ou paisagem *por trás das palavras*. Nesse e em muitos poemas vemos Riding desenvolvendo, mais uma vez, uma crítica à representação e aos mapeamentos cognitivos habituais.

Portanto, oscilando entre afirmação e negação, na estratégia anti-referencial de seus poemas e de seus deslocamentos temporais há uma crítica embutida à idéia tradicional de linguagem como uma janela transparente através da qual "vemos" o mundo. Ou como se a linguagem humana se prestasse apenas à função referencial. Os lugares de escrita ativados pelos poemas de Riding, por outro lado, se negam a ser transformados em paisagem ficcional ou espetáculos autobiográficos para o deleite da visão do leitor, com a natureza aparecendo como uma analogia perfeita para nossa subjetividade. Ao contrário, nas pensagens de Riding o leitor é constantemente frustrado em seu desejo de ter algo visível em que se segurar ("cegueira" e "cego" sendo palavras recorrentes em seus poemas). Como em "Por uma tosca rotação": "Em meu quinhão caiu, / Por causa de confiança, falsos sinais, recomeços, / Uma velocidade lenta e uma razão pesada, / Uma visibilidade de visão tapada — estes pensamentos — / E então o conteúdo, a linguagem da mente / Que não sabe como parar. // Rodando assim, a tragédia do ser-um-eu / E freqüentar-de-si se amacia com o giro, / Enquanto a trilha batida registra / Outro giro, e mais um".

Mais do que a imagem romântica, Riding privilegia a *visão*, termo que, segundo ela, significa "ver além do alcance da mera observação". "A visão extende o alcance da experiência de ver", ela afirmou certa vez. A intenção, falando como Nietzsche, seria "ir além do olhar"; ir além do mundo visível das aparências, em busca de uma verdade mais profunda e permanente.

Pós-História

Outro dado a ser mencionado, por enriquecer a compreensão de sua poesia, é sua noção radical de que a história e o tempo haviam acabado — introduzido durante o período da revista *Epilogue* (1935-1937). Décadas antes da tese pós-moderna do "fim da história" vemos Riding anunciando, no editorial, nada menos que a "descoberta" de um mundo pós-histórico: "Planejamos dar todas as notícias, e na tranqüilidade de que não há mais notícias, e o lazer de abrir os arquivos a qualquer dia, em qualquer assunto... Todos os eventos históricos aconteceram". Para Riding, a "morte" da história seria simultânea ao nascimento de uma mente universal e atemporal. Por outro lado, o impulso utópico de Riding, seu individualismo extremo, ocorrem na mesma época do início da perseguição indiscriminada aos judeus e o evento trágico do século: a Segunda Guerra Mundial. A história, como se veria, estava longe de acabar. Seu documento, que nega a história, não deixa de ser sintomático do clima de "fim" e de depressão que ocorreu entre as duas grandes guerras mundiais.

A abolição do tempo histórico é um dado freqüente em seus poemas. Muitos instalam um outro espaço-tempo, sendo tentativas de articular uma alternativa às limitações do "espírito dos tempos". De novo, a chave para entender seus poemas está na idéia de que o que pensamos é a nossa realidade: estamos, por bem ou por mal, enquanto vivermos, 24 horas por dia "presos" na linguagem. Como escreve Damásio: "O drama da condição humana advém unicamente da consciência".[18] Por isso, mais que habitar o tempo histórico e cronológico, os poemas de Riding parecem remeter o leitor a um espaço verbal atemporal: "Sim, ela se lembra de tudo que se parecia, / Tudo que se parecia com agora, / Para fazer um antes tão atual quanto antes. / Fazer um agora que é sucedido apenas, / Por uma semelhança próxima consigo mesma" (174).

No poema "Goat e Amalthea" (não incluído aqui), o leitor se depara com uma "quinta estação", um lugar onde "O tempo é mais que lento / Pois o inverno acabou, mas não veio o verão. / Agora neva eternamente" ("Now is always snow"). "O vento, o relógio, o nós" fala de um lugar onde o tempo "se tornou uma

---

[18] Em "De Corpo e Alma", *Folha de S. Paulo*, caderno *mais!*, 13 ago. 2000, p. 27.

paisagem" que se "despinta" ao mesmo tempo em que é pintada. Sem o controle do relógio, o tempo natural entra em colapso. Tendo assistido o desaparecimento do tempo e das coisas nessa *mindscape* — com homens, mar, vento, navios e relógio "engolindo" uns aos outros, por assim dizer — o locutor se dirige diretamente às palavras, únicas remanescentes no vácuo criado pelo poema: "Pelo menos podemos fazer sentido, vocês e eu, / Vocês, sobreviventes, solitárias no papel".

Em "Terra" somos jogados numa atmosfera de permanência e fluxo: "num tempo antes da Terra existir", o que faz "vocês" (nós, leitores, ou as próprias palavras do poema?) se moverem "até um agora perfeito". O passado, o discurso científico e o tempo histórico precisam ser rejeitados para que a linguagem como um lugar de permanência, um nível de existência mais rico e intenso, seja alcançado. Nessa sua utopia lingüística, a verdade (ou o amor, como é emblemático no poema "Quando o amor vira palavras"), teria de vir no processo da própria linguagem.

Essa abolição do tempo histórico e cronológico de seus poemas mais importantes (ver "Adiamento do eu" e "Sono transgredido") indica sua descoberta de um tempo alternativo do *self* e da consciência, e que optei chamar aqui de *mindscape*. Não há "era uma vez" no "agora perfeito" articulado pelos poemas. O que há é a experiência contínua de estar vivo e de ter um corpo e uma mente. Para que fosse possível oferecer modos alternativos de percepção da realidade, Riding convida o leitor a substituir o conceito de tempo e história pelo de espaço e pelo mapeamento da linguagem que ocorre na experiência do pensamento e das relações humanas ("Quando o amor vira palavras"). Para superar as limitações do *Zeitgeist* (afinal, a poesia produz "não-tícias", como diria Leminski), para além das fronteiras políticas e nacionais, da ansiedade de informações e "news", Riding tentou criar com a poesia sua própria agoridade, com a esperança de encontrar novas geografias, "alcançar algum lugar enquanto ainda é agora" (*Poems*, 152). O poeta funda, assim, em cada poema, um novo espaço-tempo, uma nova dimensão humana.

Paradoxalmente, e ainda mais para uma intelectual que rejeitava com tanta ênfase o "espírito dos tempos", é notável o tom apocalíptico de certas peças. Refiro-me a poemas como "Fim do mundo", "Poeta: palavra mentirosa", "Ecos", "Terra" e "Venham embora, palavras". Escrito nos anos 30, creio que esses poemas não só capturam o sentido de catástrofe iminente — com a ascensão de Hitler e o Holocausto — como também são indicativos de uma crise mais geral (do ser humano, da representação e da arte) presentes no coração do modernismo. É curioso o fato de Riding rejeitar a história no momento em que ela estava explodindo por todos os cantos, da arte à guerra.

"Apocalipse" significa, etimologicamente, desvelamento, descoberta e descoberta. É o nome que se dá, também, a certos escritos proféticos judaicos que trazem revelações terríveis a respeito do destino da humanidade. Em "Fim do mundo", o momento bíblico do Apocalipse é apresentado não como a destruição da terra ou um grande ato terrorista, digamos, mas como a morte do *self* (corpo & mente). Incapaz de pensar por nós mesmos, atordoados com a velocidade dos eventos, viciados em imagens e "sonhos de consumo", o ser humano acaba por viver numa espécie de "cegueira": "Claro espetáculo? E o olho?", pergunta o poema. O fim do mundo ocorre quando os órgãos dos sentidos se gastam pelo uso excessivo, quando uma pessoa não é sequer capaz de se localizar espacialmente. Riding parece argumentar, com seu poema, que autoconhecimento e a fé na linguagem humana podem representar uma cura para a "cegueira-de-si" dos tempos atuais. Escrito nos anos 20, o poema parece profetizar nosso momento globalizado e bárbaro, com a velocidade vertiginosa e o bombardeamento de imagens via mídia acabando por criar uma espécie de cegueira, de perda da lucidez, e da capacidade de discernir o que é verdade ou não. O fim do mundo é anunciado, em tom pessimista, como a vitória da padronização, do abuso da linguagem pela mídia (com o conceito de "news" substituindo o de "história", segundo ela), da semelhança universal e vazia, onde mesmo o amor — que sempre implica numa relação de linguagem — tem poucas chances de sobreviver.

A ironia disso é que Riding não pôde, como não poderia, evitar a história. E ela veio mais rápido do que esperava: a explosão da Guerra Civil espanhola, em 1936, obrigou-a a abandonar Majorca e sua utopia lingüística. O clima pesado em Londres, às portas da explosão da Segunda Grande Guerra Mundial, também deve ter influenciado na decisão de partir para os EUA em 21 de abril de 1939 (quatro meses antes do início do Armistício). Charles Bernstein chama a atenção para o fato de que a descoberta, por parte de Riding, da "impossibilidade da poesia" e sua renúncia por volta de 1939, é tragicamente contemporânea do desumanismo "estético" de Hitler e o Holocausto dos judeus. Ao escrever sobre Riding e George Oppen, outro importante poeta modernista que abandonou a poesia (este último temporariamente), Bernstein afirma:

> A longa lacuna poética desses dois "judeus não-judeus" implicitamente reconhece a questão posteriormente e famosamente formulada por Theodor Adorno: é possível escrever poesia lírica depois — *ainda mais durante* — a exterminação sistemática dos judeus europeus? Que eu saiba, Laura (Riding) Jackson não aborda esse assunto explicitamente, mas o que ela diz sobre os anos 1938 e 1939 é significativo: "O sentido humano do humano parecia colocado à beira de uma questão inignorável sobre o humano".[19] Dentro desse contexto histórico, talvez o compromisso com a clareza e a honestidade por parte de Oppen ("aquela veracidade / que incendeia a fala"[20]), só expressável por meio de uma dicção altamente delimitada, pode ser associada à preocupação recorrente de (Riding) Jackson em relação ao "uso correto" e ao "bom senso" e à freqüente censura ao que ela experimentava como violação lingüística. Pois a catástrofe inominável daqueles anos, com sua lógica racionalizada mas irracional, engendrou uma crise de e pela expressão no qual o abuso da linguagem se torna inextricavelmente identificado com o abuso do humano.

---

19) JACKSON, Laura (Riding). *Lives of wives*. Los Angeles, Sun & Moon Press, 1995, p. 326.
20) OPPEN, George. "Of Being Numerous", *Collected poems*. Nova York, New Directions Press, 1968, p. 173.

Procedimentos

A qualidade introspectiva, processual e abstrata dos poemas de Laura Riding é atingida por vários procedimentos.

Característico é a abordagem de temas que tradicionalmente pertencem à argumentação filosófica: o que é "verdade", *self*, "natureza", "realidade"? O que faz "a consciência da consciência" algo tão peculiar ao ser humano? Riding, no entanto, rejeitou o rótulo de "poeta-filósofa" dado por Auden: para ela, o discurso criador da poesia era superior ao da filosofia. O interessante é pensar que sua obra traz à tona a antiga discussão entre a compatibilidade ou não entre o discurso poético e o filosófico. Como outros autores desse século (Ludwig Wittgenstein, Martin Heidegger e Paul Celan), Riding quis diminuir a distância entre poesia e pensar. Essa questão parece ter sido plenamente superada por ela, pelo menos até 1938. Para Riding, a poesia significava a forma máxima de conhecimento do mundo, mais que a história, a religião, a filosofia ou ideologias políticas.

Os poemas se equilibram na tensão entre intelecto e emoção, mente e corpo, gravidade e ironia, violência e carinho, permanência e fluxo, individual e universal. Ao modo da poesia metafísica inglesa e barroca, alguns poemas se apresentam na forma de argumentos que são desenvolvidos até a última linha, registrando a articulação de uma mente em seu estado mais alerta. Em "Sono transgredido", por exemplo (com uma hora do dia sendo roubada, sucessivamente, para que o tempo cronológico não existisse mais), esta idéia é levada a um limite. Ou em "Os problemas de um livro", que ela definiu como sendo "uma meditação sobre a natureza esquisita que livro possui, como se ele fosse um híbrido de realidades externas e internas, até a percepção de sua natureza trágica". Eis a última estrofe:

> O problema de um livro, principalmente,
> É ser só livro na superfície;
> Vestir capa como capa,

Se enterrar em morte-de-livro
Mas se sentir tudo menos livro,
Respirar palavras vivas, mas com o hálito
Das letras; endereçar vivacidade
Nos olhos que lêem, ser respondido
Com letras e livrescidade.

A inquisição filosófica surge claramente em poemas como "Tantas perguntas quanto respostas": "O que é ver? / É conhecer em parte. / O que é falar? / É juntar parte com parte / E fazer um todo / Do muito ou pouco. // O que é perguntar? / É achar uma resposta. / E o que é responder? / Será achar uma pergunta?" Ao longo do poema, respostas apenas acrescentam mais dúvida às indagações, enquanto perguntas permanecem sem resposta.

Unir pensamento e palavras era um dos objetivos de sua poesia. Para alcançar esse fim, freqüentemente Riding faz uso do modo meditativo, além de repetição, permutação de palavras e deslocamento sintático. É o que ela faz, mais claramente, em poemas como "Dor", e "Elegia numa teia de aranha", entre outros. Nesses poemas Riding ecoa as experiências de Stein e prenuncia o estilo poético do último Samuel Beckett (penso em poemas como "What is the word"). Palavras abstratas, usadas minimamente, são apresentadas quase como entidades concretas em "Dor". Cada linha é repetida na seguinte com variação mínima e que altera ou expande a anterior, imitando assim o processo simultâneo do pensamento & sensação. Nas 151 linhas de "Elegia" o texto poético é literalmente transformado numa teia de múltiplos enunciados e sujeitos que continuamente se interrompem e se cruzam. Aqui, Riding tem a chance de dramatizar textualmente os limites entre fala e silêncio, eu e outro, mente e corpo, vida e morte. Desde o título somos advertidos de que se trata de uma elegia (um poema de morte) escrito *dentro* de uma teia, e não sobre. É difícil reconhecer onde começa e onde termina o "eu lírico" de textos como esse.

Ambicionando capturar as aventuras do pensamento e seu

movimento, Riding também centrou foco no elemento estrutural da linguagem: as palavras. Como outros modernistas (Joyce, Stein e e.e. cummings), ela estava envolvida numa "revolução da palavra" pessoal e original. Com sua sintaxe contorcida, empenhada em capturar as realidades descobertas pela mente humana, Riding acabou criando uma poesia que chegou a ser chamada de excêntrica por romper as expectativas e o senso comum através da invenção verbal. Ao nível do significante, essas novas palavras e justaposições verbais têm a função de expressar os estados mentais complexos articulados nos poemas. O efeito, quase sempre, é um radical *estranhamento*. A estratégia mais geral de pulverizar o referente, exemplificada nos poemas como um todo, se repete no microespaço da palavra. Riding transforma os advérbios, jogando com dimensões espaciais e temporais (*onlywhere*, que poderia ser traduzido, à maneira de "lugar nenhum", como "lugar-sóum"). Cria palavras através da fusão: *thoughtfall* (pensaqueda) *waterthought* (que traduzi como "águidéia"). Outro recurso típico é o uso de antônimos, negando sentidos convencionais e tradicionais implícito nas palavras (*unbeautiful, unreal, unbecoming*; desbonito, desreal, destornar), dando-as um valor positivo, desconstrutivo.

Essas palavras, no entanto, não estão sendo criadas apenas para preparar "efeitos especiais" e sim para chamar a atenção para a idéia posta em movimento pelo poema específico. Contrária ao culto da ambigüidade, Riding quer que essas palavras coincidam com a experiência que o poema articula. Em "O vento sofre" (não incluido neste volume) neologismos reforçam a proposição sendo discutida (no caso, a questão do ser): "O vento sofre de soprar, / O mar de seu aguar, / E o fogo de arder, / E eu de ter um nome". // Como pedra sofre de pedrosidade, / Como luz de luzidade, / Como pássaros de asidade, / Eu sofro de identidade". Os adjetivos nada têm de arbitrários, e sim seguem a linha de raciocínio do poema: cada ser sofre do elemento do qual é feito. Cada ser é definido como tendo uma *identidade* particular, embora o único capaz de perguntar "quem sou eu?" é o ser humano. Concordando com Barbara Adams, mais que ficar satisfeita com a "suprema ficção" criada pela imaginação, como vemos na poesia de Wallace Stevens, por exemplo, "Riding insistia que o *self* criado pela palavra era mais real que a realidade".

O nível de abstração na poesia de Riding — o privilégio do pensar sobre o ver — está no extremo oposto dos postulados imagistas, que pregavam uma ojeriza às abstrações e defendiam que "o objeto *natural* constitui *sempre* o símbolo adequado" (Pound, itálicos meus). Riding jamais concordaria com a poética imagista de seu conterrâneo, que afirmava que poesia era o uso de imagens visuais precisas (a imagem definida por ele como o "pigmento primário" da poesia). Riding carrega em seus poemas, progressivamente, uma crítica à representação, à idéia da linguagem como descrição visual, como algo transparente que nos conduz a imagens de coisas e experiências, como se ela não fosse a experiência em si mesma (a experiência humana por excelência). É uma situação exposta em poemas como "Abrir de olhos". Nos acostumamos a pensar sobre tudo, sobre tudo o que está fora, mas nossa mente é "cega-de-si": quando decide fazer sentido de si mesma, a mente enfrenta um desafio: "o debate da consciência humana consigo mesma sobre o que é possível e o que é impossível" (Riding).

Paul Auster descreve com lucidez um aspecto importante da poesia de Riding:

> O mundo físico mal está presente aqui e, quando mencionado, aparece somente como metáfora, como uma espécie de taquigrafia lingüística para indicar idéias e processos mentais. [...] De início é difícil apreender toda a dimensão desses poemas, entender os tipos de problemas com que estão tentando lidar. Laura Riding não nos dá quase nada para ver e essa ausência de imagens e de detalhes sensórios, de qualquer superfície real, é inicialmente desconcertante. Sentimo-nos como se nos tivessem cegado. Mas isso é intencional e desempenha um papel importante nos temas por ela desenvolvidos. Seu desejo de ver é menor do que o de apreciar a noção de visível ("The return", 67).[21]

---

21) AUSTER, Paul. "The return of Laura Riding", *The New York Review of Books*, v. 22, n. 13, 7 ago. 1975.

Este desejo é magistralmente atingido no longo poema "Poeta: palavra mentirosa", em que o texto se apresenta, literalmente, como um muro de palavras a encarar e desafiar o leitor. Este é conduzido não a belas paisagens, imagens, "passeios turísticos" ou relatos autobiográficos, e sim confrontado com a própria experiência textual, com este "agora".

Curiosamente escrito em prosa, além de ser quase um manifesto sobre a "impossibilidade da poesia" e de prenunciar sua atitude posterior em relação à ela (principalmente na prosa de *The telling*), o poema sintetiza uma crítica aos principais discursos sobre poesia moderna, seja do Romantismo, Simbolismo ou Imagismo. Em tom expositivo, o poema destrói expectativas e questiona a natureza da representação, bem como a necessidade da poesia de ser agradável e palatável. Em trechos como o seguinte, o próprio texto (ou "poeta-muro") avisa ao leitor o risco que ele corre ao insistir em sua posição de consumidor passivo de imagens líricas, em vez de se dedicar à tarefa do autoconhecimento, único antídoto contra o conformismo, segundo Riding:

> Não é um muro, não é um poeta. Não é um muro de mentira, não é uma palavra de mentira. É um limite escrito do tempo. Não ultrapasse, ou em minha boca, meus olhos, você vai despencar. Chegue perto, encare e olhe bem através de mim, fale enquanto você vê. Mas, oh, rebanho de vidas totalmente apaixonadas, não ultrapasse agora. Senão em minha boca, em meus olhos, vocês hão de cair, e não ser mais vocês.[22]

Se poesia é forçar as palavras e os sentidos até seus limites, se seu objetivo é tentar descobrir o que significa estar vivo num corpo e numa mente, a poesia de Laura Riding encarou como poucas este desafio. Ela criou uma poética onde o foco é como a palavra cria novos sentidos e realidades. Há sempre um risco implícito na escrita de poemas, admitia, pois "o fracasso espreita cada palavra".

---

22) RIDING, Laura. *Poet: a lying word*. Londres, Arthur Barker, 1933. Reproduzido nesta edição sob o título "Poeta: palavra mentirosa", pp. 165-73.

O desafio, que vai além de discussões técnicas e literárias, toca o próprio nervo da vida: fazer essa realidade de palavras mais real que a realidade. É esse desafio que Laura Riding nos convida a enfrentar.

Sobre a seleção

Separei, para o presente volume, 43 poemas que considero como os mais representativos de sua obra poética. A intenção é dar uma amostragem dos vários caminhos poéticos tomados, obedecendo, na medida do possível, a ordem em que foram escritos e publicados. Tive que deixar de fora poemas importantes como "Memories of immortality", "The quids" e "Benedictory", por exemplo, por não ficar satisfeito com o resultado em português.

Selecionei 7 poemas de *First awakenings: The early poems of Laura Ridings* (Primeiros despertares: Os primeiros poemas de Laura Riding), 1992. O volume reúne poemas que foram redescobertos em 1979. Escritos nos Estados Unidos entre 1920 e 1926, foram deixados com um amigo antes de sua partida para a Inglaterra, em dezembro de 1925. São poemas, portanto, que acabaram ficando de fora dos *Collected poems* (1938).

The poems of Laura Riding reúne 181 poemas (selecionados de nove livros anteriores) escritos na Inglaterra e em Majorca. É desse *corpus* que vem a grande parte das traduções aqui.

22 dos 34 poemas traduzidos foram incluídos por Riding em *Selected poems* (1973), que reúne 61 poemas que considerava seus melhores.

Traduzir Riding foi um processo difícil e ao mesmo tempo fascinante: foram quase oito anos de contato com seus poemas e sua obra, até estar seguro de que as traduções estavam conseguindo captar sua dicção única e, o mais difícil, sua forma de pensar e compor.

Apesar de ter abandonado a poesia após a publicação de *Collected poems*, há pelo menos seis poemas cometidos por Riding pós-

1938. Um deles, que encontrei nos arquivos da Universidade de Cornell, é uma preciosidade. A peça, um poema-pôster que tem o sugestivo título de "How a poem comes to be" ("Como nasce um poema") e foi escrito em 1978 como presente de Natal para um amigo. Deixo com ela as palavras finais desta introdução:

>Não fosse isto um poema
>Eu falaria sobre o falar,
>Escreveria sobre o falar (e sobre o escrever),
>Que se guardaria para o outro, outros,
>Se construiria para todo mundo,
>Ou para ninguém, contendo em si sua força viajante,
>Sem precisar de nenhuma graça de tempo para resgatá-lo
>De uma perda total.
>
>Ou eu falaria, escreveria, assim,
>Esforçando-me para construir, quero dizer,
>Algo ligando nossos entendimentos
>Numa realidade de palavras, de eus, de outros,
>Mais dizível, mais penetrável, habitável, aberta.

BIBLIOGRAFIA CONSULTADA

ADAMS, Barbara. *The enemy self: Poetry and criticism of Laura Riding.* Ann Harbor, Umi Research Press, 1990.

AUSTER, Paul. *The art of hunger. Essays, prefaces, interviews and The red notebook.* Londres, Penguin, 1992.

——————. "The return of Laura Riding". *The New York Review of Books*, 7 ago. 1975: 66-68.

BERNSTEIN, Charles. *Content's dream. Essays 1975-1984.* Los Angeles, Sun & Moon, 1986.

——————. "Thought's measure". *Content's dream. Essays 1975-1984.* Los Angeles, Sun & Moon, 1986.

BRAND, Gerd. *The essential Wittgenstein*, Robert E. Innis (trad.). Nova York, Basic Books, 1979.

FRIEDLANDER, Ben. "Laura Riding/Some difficulties". *Poetics Journal*, 4 (1984): 35-42.

——————. "Letter". *Sulfur* 13, 5 (1985): 163-165.

HEFFERNAN, James A.W. *The re-creation of landscape. A study of Wordsworth, Coleridge, Constable and Turner.* Hanover, University Press of New England, 1985.

JACKSON, Laura (Riding). Carta a Michael Trotman, 19 de abril, 1986. The Laura (Riding) Jackson Schuyler B. Jackson Collection. Cornell University Library, Ithaca, Box 47, fol. 1.

——————. "Comments on a study of my work — a draft, unpublished". The Laura (Riding) Jackson & Schuyler B. Jackson Collection. Cornell University Library, Ithaca, Box 96, fol 12.

——————. *First awakenings. The early poems of Laura Riding.* Nova York, Persea Books, 1992.

——————. "Laura Riding". *Contemporary poets*, Tracy Chevalier (ed.). Chicago, St. James Press, 1991. 810-10.

——————. *The poems of Laura Riding: A new edition of the 1938. Collected poems.* Nova York, Persea Books, 1980.

——————. "Some notes on my poems for a student of my work". The Laura (Riding) Jackson & Schuyler B. Jackson Collection. Cornell University Library. Manuscrito inédito, #4608, box 94, fol. 25.

——————. "Some notes on poetry and poets in this century, and my influence". *PN Review* 9:1 (1979): 21-23.

——————. "What, if not a poem, poems?" *Denver Quarterly* 31:1 (1996): 26-36.

—————— e Schuyler B. Jackson. *Rational meaning: A new foundation for the definition of words and supplementary essays*. Charlottesville, The University of Virginia Press, 1997.

──────. "A poem: How a poem comes to be" (Horhridge (CA), Lord John Press, edição limitada, 1980).

MCGANN, Jerome. *Black riders. The visible language of modernism*. Princeton, Princeton University Press, 1993.

PERLOFF, Marjorie. *Radical artifice. Writing poetry in the age of media*. Chicago, The University of Chicago Press, 1991.

POUND, Ezra. *Literary essays of Ezra Pound*. Nova York, New Directions, 1954.

RASULA, Jed. "A renaissance of women", *Sulfur* 3-1 (1983): 160-72.

RIDING, Laura. *Anarchism is not enough*. Londres, Jonathan Cape, 1928.

──────. *Contemporaries and snobs*. Garden City, Doubleday Doran, 1928.

──────. "The end of the world, and wfter". *Epilogue: A critical summary* III, (1937): 5-12.

──────. *Selected poems: In five sets*. Londres, Faber & Faber, Ltd., 1970.

──────. "A last lesson on geography". *Progress of stories*. Nova York, The Dial Press, 1982, 236-54.

────── and Robert Graves. *A survey of modernist poetry*. Edinburgh, The Folcroft Press, 1927.

AGRADECIMENTOS

Várias pessoas e instituições foram importantes para a realização deste projeto. Gostaria de agradecer a

— Susana Funck, primeira leitora de minha pesquisa sobre Laura Riding.
— José Roberto Basto O'Shea, meu orientador na tese, por sua dedicação e atenção.
— David William Foster, da Arizona State University, e aos funcionários da Hayden Library.
— Departamento de Língua Inglesa da Universidade Federal de Santa Catarina.
— CAPES, que possibilitou, por meio de concessão de bolsa, a realização de pesquisa nos Estados Unidos para o presente trabalho.
— Walter Costa, por sua leitura atenta e as várias sugestões.
— Alan Clark, Elizabeth Friedmann e demais membros do conselho que cuida da obra da autora, The Board of Literary Management of the late Laura (Riding) Jackson, por seu total apoio neste projeto.
— Lorna Knight, da Carl A. Kroch Library, e a Division of Rare Manuscript Collection da Universidade de Cornell, onde tive acesso a documentos inéditos, manuscritos, fotos e material precioso.

— Sobretudo a Chris Daniels, amigo, poeta e tradutor norte-americano, ajudando-me na revisão das traduções, e a superar as dificuldades e complexidades da poesia de Laura Riding.

POEMAS

de Primeiros Despertares

First Awakenings

TO ONE ABOUT TO BECOME MY FRIEND

Stand off!

I am stone.
    You must tear your flesh to excavate my heart.

I am storm.
    None can rest with me.

I am mountain.
    Toil to the top, be there a solitary.

I am ice.
    You must be frozen that I be melted.

I am sea.
    I would not give you up again.

If this frightens you,
Stand off! Stand off!

Yet, would you be my friend,
I should be none of these to you.

PARA UM QUASE AMIGO

Para trás!

Sou pedra.
    Você tem de rasgar sua carne para escavar meu peito.

Sou tempestade.
        Ninguém relaxa comigo.

Sou montanha.
    Moureje até o topo, e vire um solitário.

Sou gelo.
    Você tem que congelar para que eu derreta.

Sou mar.
    Não vou devolver você.

Se isto o assusta,
Para trás! Para trás!

Ainda que, se você for meu amigo,
Não lhe serei nada disso.

TRUTH

We keep looking for Truth.
Truth is afraid of being caught.
Books are bird-cages.
Truth is no canary
To nibble patiently at words
And die when they're all eaten up.

Truth would not like
To live in people's heads or hearts or throats.
Don't try to find her there.

Truth is no dryad to be punished in a tree.
Truth is no naiad.
Truth would be surely drowned in a spring.

Don't worry the earth.
Truth leaves no footprints.
Don't listen
Before silence has set with the moon.
Truth makes no noise.
Don't follow the light
That follows the sun
That follows the night.
Truth dances beyond the light
And the sun
And the night.
Truth can't be seen.

VERDADE

Sempre procuramos a Verdade.
Ela tem medo de ser pega.
Livros são gaiolas.
Verdade não é um canário
Para ciscar palavras com paciência
E morrer depois de comer todas.

A verdade não gostaria de viver
Na cabeça ou na garganta ou no coração de alguém.
Não tente achá-la ali.

A verdade não é dríade pra ser punida numa árvore.
A verdade não é nenhuma náiade.
A verdade certamente se afogaria numa fonte.

Deixe a terra em paz.
A verdade não deixa pegadas.
Não escute
Até o silêncio se pôr com a lua.
A verdade não faz ruídos.
Não siga a luz
Que segue o sol
Que segue a noite.
A verdade dança além da luz
E do sol
E da noite.
A verdade não pode ser vista.

Let curiosity stay at home.
It may get lost.
(Truth has strange haunts.)
If stealth wears shoes
It grows up to imprudence.

Leave truth alone.
Truth can't be caught.
I think Truth doesn't live at all because
She'd have to be afraid of dying, then.

Deixe a curiosidade ficar em casa.
Ela pode se perder.
(A verdade freqüenta antros estranhos.)
Se, criança, o segredo se calça,
Um dia será imprudência.

Deixe a verdade em paz.
A verdade não pode ser pega.
Acho que ela não vive nada, não,
Pois teria medo de morrer, então.

THE MYSTERIOUS WHOEVER

A film lies over — not the eyes but over —
The conglomerate, the clouded all
We are in and out of,
Blind both ways.

A crammed socket but an empty eye
Is not too idle, cruel.
Even the imperfect object of a perfect vision
Is faintly food,
For see!

I know of us,
Am not too lonely,
We know of me,
Albeit dimly.

The hunger to behold
Craves more heartily
After a slight startle
When the film falls anew
Upon the ever sudden stranger,
The mediator manifest
Of me to us,
Of us to me,
The mysterious whoever:
You.

O MISTERIOSO SEJAQUEMFOR

A película repousa — não nos olhos mas repousa —
No conglomerado, o tudo nublado
Em que estamos e não estamos,
Cegos de qualquer jeito.

Uma órbita abarrotada de um olho vazio
Não é fútil o bastante, nem cruel.
Até o imperfeito objeto de uma perfeita visão
É comida, de leve,
Vê só!

Eu sei de nós,
Não sou tão só assim,
Sabemos de mim,
Embora bem pouco.

A fome de contemplar
Implora com mais apetite
Depois de um susto sutil
Quando a película cai novamente
Sobre o sempre súbito estranho,
O mediador notório
Entre eu e a gente,
Entre a gente e eu,
O misterioso sejaquemfor:
Você.

A KINDNESS

To be alive is to be curious.
When I have lost my interest in things
And am no more alert, alacritous
For fact, I'll end this bated enquiry.
Death's the condition of supreme ennui.

I shall permit me to disintegrate
And then, because I know the peace death brings,
It will be good to keep persuading fate
To be more generous, extending, too,
This privilege of boredom to all of you.

UMA GENTILEZA

Estar viva é estar curiosa.
Quando perder interesse pelas coisas
E não estiver mais atenta, álacre
Por fatos, acabo este minguado inquérito.
A morte é a condição do supremo tédio.

Vou deixar que me desintegre
E aí, por saber da paz que a morte traz,
Seria bom seguir convencendo o destino
A ser mais generoso, estender, também,
O privilégio do tédio a todos vocês.

THE FOURTH ESTATE

The newspaper reports people as usual.
The paper double of fleshliness
Continues to keep life fashionable
And flatter the uncertain original.
We read with faith, rubbing the fictive lamp,
And soon the gossiped genii appear
Out of the broad page, and by report
We know ourselves, are quieted
By the printed pictures of us hung
Upon a flimsy wall.

And the sheet circulates perhaps beyond
The private limits of earthly rumor.
And the advertisement is of an active portrait
That serves a quiet model,
Pleads a good place in the remote gallery,
Secures the creature the dusty immortality
Of a fantastic memorandum
In a forgotten file.

O QUARTO PODER

O jornal reporta pessoas como sempre.
O duplo de papel da carnalidade,
Mantém a vida na moda
E incensa o incerto original.
Lemos com fé, esfregando a lâmpada fictícia,
E logo surgem gênios para se fofocar
Da ampla página, e pela matéria
Sabemos sobre nós, silenciados
Por nossas fotos impressas suspensas
Numa parede frágil.

E a folha circula talvez além
Dos limites privados do boato carnal.
E a propaganda é a de um retrato ativo
Que serve a um modelo calado,
Pleiteia um bom lugar na galeria remota,
Garante à criatura a imortalidade empoeirada
De um fantástico memorando
Num arquivo perdido.

DIMENSIONS

*Measure me for a burial
That my low stone may neatly say
In a precise, Euclidean way
How I am three-dimensional.*

*Yet can life be so thin and small?
Measure me in time. But time is strange
And still and knows no rule or change
But death and death is nothing at all.*

*Measure me by beauty.
But beauty is death's earliest name
For life, and life's first dying, a flame
That glimmers, an amaranth that will fade
And fade again in death's dim shade.*

*Measure me not by beauty, that fears strife.
For beauty makes peace with death, buying
Dishonor and eternal dying
That she may keep outliving life.*

*Measure me then by love — yet, no,
For I remember times when she
Sought her own measurements in me,
But fled, afraid I might foreshow
How broad I was myself and tall
And deep and many-measured, moving
My scale upon her and thus proving
That both of us were nothing at all.*

DIMENSÕES

Meçam-me para um funeral
Com minha cova rasa expressando
De um jeito preciso, euclidiano,
Meu ser tridimensional.

Pode ser a vida tão pequena, tão magra?
Meça-me no tempo. Mas o tempo não avança
E é estranho e nada sabe de lei ou de mudança
Mas só de morte, que é nada de nada.

Meçam-me pela beleza.
Mas beleza é o primeiro nome que a morte
Deu à vida, seu primeiro falecer, chama
Que tremeluz, um amaranto que se apaga
E se apaga de novo na sombra mortiça da morte.

Meçam-me não pela beleza, que teme lutar.
Pois a beleza faz trégua com a morte,
Comprando desonra e morte eterna
Na esperança de sobreviver a vida.

Meçam-me então pelo amor — mas não ainda,
Pois lembro-me de vezes em que ele buscava
Suas próprias medidas em mim,
Mas fugia, com medo que eu pudesse predizer
Quão ampla e alta eu mesma era, profunda
E de múltiplas medidas, mudando
Minha escala sobre ele e assim provando
Que tanto eu quanto ele éramos nada.

Measure me by myself
And not by time or love or space
Or beauty. Give me this last grace:
That I may be on my low stone
A gage unto myself alone.
I would not have these old faiths fall
To prove that I was nothing at all.

Meçam-me por mim mesma
E não pelo tempo nem amor nem espaço
Nem pela beleza. Dêem-me só esta última graça:
Que em minha lápide eu possa
Ser uma régua eu mesma.
Não gostaria que essas velhas crenças fracassassem
E provassem que até eu era nada.

FREE

Thinking is the poorest way of traveling —
    Paths in the head,
    Dreams in bed.

Living in a body is the drearest kind of life,
    Locked up all alone
    In flesh and bone.

        Turn me out of head,
        Turn me out of body,
        Wake me out of bed.

Rather than respectable,
Vagabond and dead.

LIVRE

Pensar é o jeito mais pobre de viajar —
    Trilhas na cabeça,
    Sonhos na cama.

Viver num corpo é o jeito mais triste de viver,
    Trancado em si e só,
    Em carne e ossos.

    Tirem-me da cabeça,
    Tirem-me do corpo,
    Acordem-me da cama.

Em vez de dama,
Vagabunda e morta.

DE OS POEMAS DE LAURA RIDING

THE POEMS OF LAURA RIDING

INCARNATIONS

Do not deny,
Do not deny, thing out of thing.
Do not deny in the new vanity
The old, original dust.

From what grave, what past of flesh and bone
Dreaming, dreaming I lie
Under the fortunate curse,
Bewitched, alive, forgetting the first stuff...
Death does not give a moment to remember in

Lest, like a statue's too transmuted stone,
I grain by grain recall the original dust
And, looking down a stair of memory, keep saying:
This was never I.

ENCARNAÇÕES

Não renegue,
Não renegue, coisa vinda de coisa,
Não renegue nessa vaidade nova
O velho pó original.

De que cova, de que passado de carne e osso
Sonhando, sonhando jazo
Debaixo da maldição auspiciosa,
Enfeitiçada, viva, esquecendo minha matéria-prima...
A morte não me permite um instante para lembrar

Temendo que, tal pedra de estátua transmutada demais,
Grão por grão eu recorde o pó original
E, olhando para baixo num degrau da memória, repita:
Eu nunca fui isso.

PRIDE OF HEAD

*If it were set anywhere else but so,
Rolling in its private exact socket
Like the sun set in a joint on a mountain...
But here, nodding and blowing on my neck,
Of no precedence in nature
Or the beauties of architecture,
Flying my hair like a field of corn
Chance-sown on the neglected side of a hill,
My head is at the top of me
Where I live mostly and most of the time,
Where my face turns an inner look
On what's outside of me
And meets the challenge of other things
Haughtily, by being what it is.*

*From this place of pride,
Gem of the larger, lazy continent just under it,
I, idol of the head,
An autocrat sitting with my purposes crossed under me,
Watch and worry benignly over the rest,
Send all the streams of sense running down
To explore the savage, half-awakened land,
Tremendous continent of this tiny isle,
And civilize it as well as they can.*

ORGULHO DA CABEÇA

Fosse encaixada em outra parte e não assim,
Girando em seu soquete privado e preciso
Como sol encaixado numa junta da montanha...
Mas, aqui, inclinando e soprando em meu pescoço,
Sem precedente na natura
Nem nas belezas da arquitetura,
Esvoaçando meu cabelo como um campo de milho,
Semeada ao acaso num canto esquecido da colina,
Minha cabeça está no topo de mim
Onde vivo mais e a maior parte do tempo,
Onde minha face lança um olhar introspectivo
Para o que está fora de mim,
E encara o desafio de outras coisas
Com desdém, por ser o que é.

Deste lugar de honra, gema
Do continente maior e preguiçoso bem abaixo,
Eu, ídola da cabeça,
Uma autocrata sentada, cruzando minhas intenções,
Olho e me preocupo com o resto com bondade,
Despacho os riachos de sentido para baixo
Para que explorem a selvagem terra semidesperta,
Tremendo continente desta ilha mínima,
E a civilizem o melhor que possam.

YES AND NO

Across a continent imaginary
Because it cannot be discovered now
Upon this fully apprehended planet —
No more applicants considered,
Alas, alas —

Ran an animal unzoological,
Without a fate, without a fact,
Its private history intact
Against the travesty
Of an anatomy.

Not visible not invisible,
Removed by dayless night,
Did it ever fly its ground
Out of fancy into light,
Into space to replace
Its unwritable decease?

Ah, the minutes twinkle in and out
And in and out come and go
One by one, none by none,
What we know, what we don't know.

SIM E NÃO

Através de um continente imaginário
Por não poder ser mais descoberto agora
Sobre este planeta totalmente apreendido —
Sem considerar mais candidatos,
Ai de mim!

Um bicho izoológico andava,
Sem fado, sem fato,
Sua história pessoal intacta
Contra a paródia
De uma anatomia.

Nem visível nem invisível,
Removido pela noite sem dia,
Já terá fugido de sua terra
E da fantasia até a luz,
Até o espaço para repor
Seu falecer inescrevível?

Ah, os minutos piscam e despiscam,
Fechados e abertos vão e vêm,
Um por um, nenhum por nenhum,
O que sabemos, o que não sabemos.

AFTERNOON

*The fever of afternoon
Is called afternoon,
Old sleep uptorn,
Not yet time for night-time,
No other name, for no names
In the afternoon but afternoon.*

*Love tries to speak but sounds
So close in its own ear.
The clock-ticks hear
The clock-ticks ticking back.
The fever fills where throats show,
But nothing in these horrors moves to swallow
While thirst trails afternoon
To husky sunset.*

*Evening appears with mouths
When afternoon can talk.
Supper and bed open and close
And love makes thinking dark.
More afternoons divide the night,
New sleep uptorn,
Wakeful suspension between dream and dream —
We never knew how long.
The sun is late by hours of soon and soon —
Then comes the quick fever, called day.
But the slow fever is called afternoon.*

TARDE

A febre da tarde
Se chama tarde,
Velho sono arrancado,
Cedo demais para ser noite,
Sem outro nome, pois não há nome
De tarde além da tarde.

O amor tenta falar mas soa
Tão perto em seu próprio ouvido.
Os tic-tacs escutam
O que os tic-tacs retrucam.
A febre preenche onde gargantas se mostram,
Mas nesses horrores nada tenta engolir
Enquanto a sede persegue a tarde
Até o rouco pôr-do-sol.

O entardecer surge com bocas
Quando a tarde pode falar.
A ceia e a cama começam e terminam
E o amor obscurece o pensar.
Mais tardes dividem a noite,
Novo sono arrancado,
Suspensão desperta entre sonho e sonho —
Nunca soubemos quanto.
O sol se atrasa por horas de logo e logo —
Então chega a febre veloz chamada dia.
Mas a febre lenta se chama tarde.

POSTPONEMENT OF SELF

I took another day,
I moved to another city,
I opened a new door to me.
Then again a last night came.
My bed said: 'To sleep and back again?'
I said: 'This time go forward.'

Arriving, arriving, not yet, not yet,
Yet yet arriving, till I am met.
For what would be her disappointment
Coming late ('She did not wait').
I wait. And meet my mother.
Such is accident.
She smiles: long afterwards.
I sulk: long before.
I grow to six.
At six little girls in love with fathers.
He lifts me up.
See. Is this Me?
Is this Me I think
In all the different ways till twenty.
At twenty I say She.
Her face is like a flower.
In a city we have no flower-names, forgive me.
But flower-names not necessary
To diary of identity.

ADIAMENTO DE SI

Adiei outro dia.
Mudei para outra cidade,
Abri uma nova porta para mim.
Uma noite passada veio de novo.
A cama disse: "Dormir, depois voltar?"
Eu disse: "Dessa vez vá em frente".

Chegando, chegando, mas não, mas não,
Mesmo assim chegando, até que me encontram.
Pois seria seu desapontamento
Por chegar tarde ("Ela não esperou").
Espero. E cruzo minha mãe.
Acidentes são assim.
Ela sorri: longo depois.
Eu me emburro: longo antes.
Cresço até os seis.
Aos seis, garotas apaixonadas pelos pais.
Ele me levanta.
Vê. Esta sou Eu?
Esta sou Eu, penso,
De todos os jeitos até os vinte.
Aos vinte eu digo Ela.
Sua face é como uma flor.
Não temos nomes de flores, desculpe, nessa cidade.
Nem nomes de flores sente necessidade
O diário da identidade.

HELEN'S BURNING

Her beauty, which we talk of,
Is but half her fate.
All does not come to light
Until the two halves meet
And we are silent
And she speaks,
Her whole faith saying,
She is, she is not, in one breath.

But we tell only half, fear to know all
Lest all should be to tell
And our mouths choke with flame
Of her consuming
And lose the gift of prophecy.

HELENA EM CHAMAS

Sua beleza, de que falamos,
É só metade de sua sina.
Nada será revelado
Até que as duas metades se cruzem
E a gente se cala
Enquanto ela fala,
E relata toda sua sina,
Ela é, e não é, num fôlego só.

Mas só contamos a metade, temendo saber tudo
Com medo de que tudo seja dito
Nossas bocas se engasguem com o fogo
De seu consumir
E percam o dom da profecia.

from ECHOES

1.

*Since learning all in such a tremble last night —
Not with my eyes adroit in the dark,
But with my fingers hard with fright,
Astretch to touch a phantom, closing on myself —
I have been smiling.*

2.

*Mothering innocents to monsters is
Not of fertility but fascination
In women.*

3.

*It was the beginning of time
When selfhood first stood up in the slime.
It was the beginning of pain
When an angel spoke and was quiet again.*

4.

*After the count of centuries numbers hang
Heavy over the unnumbered hopes and oppress
The heart each woman stills beneath her dress
Close to the throat, where memory clasps the lace,
An ancient brooch.*

de *ECHOES*

1.

Tendo aprendido tudo em tal tremor na noite passada —
Não com meus olhos peritos no escuro,
Mas com meus dedos duros de susto,
Esticados para tocar um fantasma, fechando-se em mim —
Venho sorrindo.

2.

Criar inocentes para que virem monstros
Nao é fertilidade mas fascínio
Nas mulheres.

3.

Foi o começo do tempo
Quando o eu ergueu-se do lodo pela primeira vez.
Foi o começo do sofrimento
Quando um anjo falou e de novo se calou.

4.

Feita a contagem dos séculos, números suspensos
E pesados sobre as esperanças inumeradas oprimem
O coração que toda mulher acalma sob o vestido
Junto à garganta, onde a memória se afivela na renda,
Um broche antigo.

5.

*It is a mission for men to scare and fly
After the siren luminary, day.
Someone must bide, someone must guard the night.*

6.

*If there are heroes anywhere
Unarm them quickly and give them
Medals and fine burials
And history to look back on
As weathermen point with pride to rain.*

11.

*'I shall mend it,' I say,
Whenever something breaks,
'By tying the beginning to the end.'
Then with my hands washed clean
And fingers piano-playing
And arms bare to go elbow-in,
I come to an empty table always.
The broken pieces do not wait
On rolling up of sleeves.
I come in late always
Saying, 'I shall mend it.'*

12.

*Gently down the incline of the mind
Speeds the flower, the leaf, the time —
All but the fierce name of the plant,
Imperishable matronymic of a species.*

5.

É missão dos homens espantar e caçar
Essa sereia luminar, o dia.
Alguém tem que esperar, alguém tem que guardar a noite.

6.

Se existem heróis em algum lugar
Desarme-os rapidamente e lhes dêem
Medalhas, funerais de honra,
E história para terem saudades
Como meteorologistas anunciam a chuva com orgulho.

11.

"Eu remendo", digo,
Sempre que algo se quebra,
"Colando o fim com o começo".
Então com mãos bem limpas
E dedos pianizando
E arregaçando as mangas,
Sempre chego a uma mesa vazia.
Os estilhaços não esperam
Que as mangas se arregacem.
Sempre chego atrasada
E digo, "Eu remendo".

12.

Suavemente, descendo no declive da mente,
Voam a flor, a folha, o tempo —
Tudo menos o nome feroz da planta,
Matronímico indestrutível de uma espécie.

13.

The poppy edifices of sleep,
The monotonous musings of night-breath,
The liquid featureless interior faces,
The shallow terrors, waking never far.

15.

... cheated history —
Which stealing now has only then
And stealing us has only them.

17.

Forgive me, giver, if I destroy the gift!
It is so nearly what would please me,
I cannot but perfect it.

18.

"Worthy of a jewel,' they say of beauty,
Uncertain what is beauty
And what the precious thing.

21.

Between the word and the world lie
Fading eternities of soon.

23.

Love is very everything, like fire:
Many things burning,
But only one combustion.

13.

Os edifícios opiáceos do sono,
Os devaneios monótonos do noturnálito,
As faces interiores líqüidas e amorfas,
Os rasos terrores, nunca é longe acordar.

15.

... história trapaceada —
Que roubando o agora só tem antes
E roubando a gente só tem vultos.

17.

Perdoe-me, doador, se destruo seu presente!
É tanto quase o que eu queria,
Que só assim ficará perfeito.

18.

"Digna duma jóia", dizem da beleza,
Sem certeza de qual é beleza e qual
É a preciosa mesma.

21.

Entre verbo e mundo jazem
Murchas eternidades de já.

23.

O amor é muito tudo, feito fogo.
Muita coisa queimando,
Mas só uma combustão.

24.

My address? At the cafés, cathedrals,
Green fields, marble terminals —
I teem with place.
When? Any moment finds me,
Reiterated morsel
Expanded into space.

25.

Let us seem to speak
Or they will think us dead, revive us.
Nod brightly, Hour.
Rescue us from rescue.

24.

Meu endereço? Nos cafés, catedrais,
Campos verdes, terminais de mármore —
Lugar prolifera em mim.
Quando? Qualquer momento me encontra,
Migalha reiterada
Expandida no espaço.

25.

Façamos que conversamos
Ou vão pensar que morremos, e nos ressuscitar.
Hora, acene com brilho.
Nos resgate do resgate.

THERE IS MUCH AT WORK

There is much at work to make the world
Surer by being more beautiful.
But too many beauties overwhelm the proof.
Too much beauty is Lethe.

The succession of fair things
Delights, does not enlighten.
We still know nothing, nothing.
Beauty will be truth but once.

Exchange the multiplied bewilderment
For a single presentation of fact by fairness;
And the revelation will be instantaneous.
We shall all die quickly.

MUITO FUNCIONA

Muito funciona em fazer o mundo
Mais seguro por ser mais bonito.
Mas belezas demais esmagam a prova.
Beleza demais é um Letes.

A sucessão das coisas lindas
Deleita, não ilumina.
Não sabemos nada, nada ainda.
Beleza será verdade só uma vez.

Troque o multiplicado desnorteio
Por uma única apresentação do fato pela beleza;
E a revelação será instantânea.
Morreremos depressa.

THE DEFINITION OF LOVE

*The definition of love in many languages
Quaintly establishes
Identities of episodes
And makes the parallel
Of myth colloquial.*

*But, untranslatable,
Love remains
A future in brains.
Speech invents memory
Where there has been
Neither oblivion nor history.
And we remembering forget,
Mistake the future for the past,
Worrying fast
Back to a long ago
Not yet to-morrow.*

A DEFINIÇÃO DE AMOR

A definição de amor em várias línguas
Estabelece, de um jeito esquisito,
Identidades de episódios
Tornando coloquial
O paralelo do mito.

Mas, intraduzível,
O amor permanece
Um futuro nos cérebros.
A fala inventa a memória
Onde nunca tivesse havido
Olvido ou história.
E, ao nos lembrar, esquecemos,
Confundindo futuro com passado,
Nos preocupamos de repente
Voltamos a um outrora
Não ainda amanhã.

LIFE-SIZE IS TOO LARGE

To the microscopy of thinking small
(To have room enough to think at all)
I said, "Cramped mirror, faithful constriction,
Break, be large as I".

Then I heard little leaves in my ears rustling
And a little wind like a leaf blowing
My mind into a corner of my mind,
Where wind over empty ground went blowing
And a large dwarf picked and picked up nothing.

TAMANHO NATURAL É DEMAIS

Para a microscopia do pensar pequeno
(Com espaço bastante para pensar ao menos)
Eu disse, "Espelho restrito, constrição fiel,
Se espatife, seja do meu tamanho".

Depois ouvi folhas roçarem em meus ouvidos
E um vento pequeno como folha soprou
Minha mente até um canto de minha mente,
Onde o vento sobre o chão vazio não cessava
E um anão grande pegava e pegava nada.

THE MAP OF PLACES

The map of places passes.
The reality of paper tears.
Land and water where they are
Are only where they were
When words read here *and* here
Before ships happened there.

Now on naked names feet stand,
No geographies in the hand,
And paper reads anciently,
And ships at sea
Turn round and round.
All is known, all is found.
Death meets itself everywhere.
Holes in maps look through to **nowhere.**

O MAPA DOS LUGARES

O mapa dos lugares passa.
A realidade do papel se rasga.
Onde terra e água estão,
Estão apenas onde já estavam
Quando palavras se liam *aqui* e *aqui*
Antes de navios acontecerem ali.

Agora de pé sobre nomes nus,
Sem geografias na mão,
E o papel é lido como antigamente,
E os navios no mar
Dão voltas e voltas.
Tudo sabido, tudo encontrado.
A morte cruza consigo por toda parte.
Buracos nos mapas dão em lugar algum.

DEATH AS DEATH

To conceive death as death
Is difficulty come by easily,
A blankness fallen among
Images of understanding,
Death like a quick cold hand
On the hot slow head of suicide.
So is it come by easily
For one instant. Then again furnaces
Roar in the ears, then again hell revolves,
And the elastic eye holds paradise
At visible length from blindness,
And dazedly the body echoes
'Like this, like this, like nothing else.'

Like nothing — a similarity
Without resemblance. The prophetic eye,
Closing upon difficulty,
Opens upon comparison,
Halving the actuality
As a gift too plain, for which
Gratitude has no language,
Foresight no vision.

MORTE COMO MORTE

Conceber a morte como morte,
É dificuldade conseguida facilmente,
Brancura se precipitando entre
Imagens de entendimento,
A morte essa mão fria e veloz
Sobre a testa quente de suicídio.
Assim é conseguida facilmente
Por um instante só. Fornalhas, outra vez,
Rugem nas orelhas, de novo o inferno revolve-se,
E o olho elástico detém o paraíso
A uma visível distância da cegueira,
E atordoado o corpo ecoa
"Assim, assim, como nada mais."

Como nada — uma similaridade
Sem semelhança. O olho profético,
Que se fecha à dificuldade,
Se abre se comparado,
Dividindo a realidade
Como um presente simples demais, para a qual
Gratidão não tem linguagem,
Nem previsão tem visão.

THE TROUBLES OF A BOOK

The trouble of a book is first to be
No thoughts to nobody,
Then to lie as long unwritten
As it will lie unread,
Then to build word for word an author
And occupy his head
Until the head declares vacancy
To make full publication
Of running empty.

The trouble of a book is secondly
To keep awake and ready
And listening like an innkeeper,
Wishing, not wishing for a guest,
Torn between hope of no rest
And hope of rest.
Uncertainly the pages doze
And blink open to passing fingers
With landlord smile, then close.

The trouble of a book is thirdly
To speak its sermon, then look the other way,
Arouse commotion in the margin,
Where tongue meets the eye,
But claim no experience of panic,
No complicity in the outcry.
The ordeal of a book is to give no hint
Of ordeal, to be flat and witless
Of the upright sense of print.

OS PROBLEMAS DE UM LIVRO

O problema de um livro é, primeiro, não ser
Pensamentos para ninguém
E ficará tão inescrito
Quanto permanecerá não lido
E construir um autor palavra por palavra
E ocupar sua cabeça
Até que a cabeça feche pra balanço
Para publicar a todos
Seu esvaziamento.

O segundo problema de um livro
É ficar desperto e pronto
À escuta como um dono de pousada
Querendo, não querendo hóspedes,
Indeciso entre a esperança de folga nenhuma
E a esperança de folga.
Vacilantes, as páginas cochilam
E piscam para os dedos que passam
Com sorriso proprietário, e fecham-se.

O terceiro problema de um livro é
Dar seu sermão e virar as costas
Suscitando comoção nas margens
Onde a língua cruza o olho,
Sem declarar nenhuma experiência de pânico,
Nenhuma cumplicidade neste tumulto.
A provação de um livro é não dar pistas
De ser provação, é ser neutro e leigo
No sentido reto do impresso.

The trouble of a book is chiefly
To be nothing but book outwardly;
To wear binding like binding,
Bury itself in book-death,
Yet to feel all but book;
To breathe live words, yet with the breath
Of letters; to address liveliness
In reading eyes, be answered with
Letters and bookishness.

O problema de um livro, principalmente,
É ser só livro na superfície;
Vestir capa como capa,
Se enterrar em morte-livro
Mas se sentir tudo menos livro,
Respirar palavras vivas, mas com o hálito
Das letras; endereçar vivacidade
Nos olhos que lêem, ser respondido
Com letras e livrescidade.

ELEGY IN A SPIDER'S WEB

What to say when the spider
Say when the spider what
When the spider the spider what
The spider does what
Does does dies does it not
Not live and then not
Legs legs then none
When the spider does dies
Death spider death
Or not the spider or
What to say when
To say always
Death always
The dying of always
Or alive or dead
What to say when I
When I or the spider
No I and I what
Does what does dies
No when the spider dies
Death spider death
Death always I
Death before always
Death after always
Dead or alive
Now and always
What to say always
Now and always
What to say now

ELEGIA NUMA TEIA DE ARANHA

O que dizer enquanto a aranha
Dizer enquanto a aranha o que
Enquanto a aranha a aranha o que
A aranha faz que o que
Faz que faz que morre não faz
Não vive e então não
Pernas pernas e então nenhuma
Enquanto a aranha faz morre
Morte aranha morte
Ou não a aranha ou
O que dizer enquanto
Dizer sempre
Morte sempre
O morrer de sempre
Ou viva ou morta
O que dizer enquanto eu
Enquanto eu ou a aranha
Não eu e eu o que
Faz o que faz morre
Não enquanto a aranha morre
Morte aranha morte
Morte sempre eu
Morte antes do sempre
Morte depois do sempre
Morta ou viva
Agora e sempre
O que dizer agora
Agora e sempre
O que dizer agora

Now when the spider
What does the spider
The spider what dies
Dies when then when
Then always death always
The dying of always
Always now I
What to say when I
When I what
When I say
When the spider
When I always
Death always
When death what
Death I says say
Dead spider no matter
How thorough death
Dead or alive
No matter death
How thorough I
What to say when
When who when the spider
When life when space
The dying of oh pity
Poor how thorough dies
No matter reality
Death always
What to say
When who
Death always
When death when the spider
When I who I
What to say when
Now before after always
When then the spider what
Say what when now

Agora enquanto a aranha
O que faz a aranha
A aranha o que morre
Morre enquanto então enquanto
Então sempre morte sempre
O morrer de sempre
Sempre agora eu
O que dizer enquanto eu
Enquanto eu o que
Enquanto eu digo
Enquanto a aranha
Enquanto eu sempre
Morte sempre
Enquanto morte o que
Morte eu digo diga
Morta aranha não importa
Que meticulosa morte
Viva ou morta
Morta não importa
Que meticulosa eu
O que dizer enquanto
Enquanto quem enquanto a aranha
Enquanto a vida enquanto o espaço
O morrer de oh que pena
Pobre quão meticulosa morre
Realidade não importa
Morte sempre
O que dizer
Enquanto quem
Morte sempre
Enquanto a morte enquanto a aranha
Enquanto eu quem eu
O que dizer enquanto
Agora antes depois sempre
Quando então a aranha o que
Dizer o que enquanto agora

Legs legs then none
When the spider
Death spider death
The genii who cannot cease to know
What to say when the spider
When I say
When I or the spider
Dead or alive the dying of
Who cannot cease to know
Who death who I
The spider who when
What to say when
Who cannot cease
Who cannot
Cannot cease
Cease
Cannot
The spider
Death
I
We
The genii
To know
What to say when the
Who cannot
When the spider what
Does what does dies
Death spider death
Who cannot
Death cease death
To know say what
Or not the spider
Or if I say
Or if I do not say
Who cannot cease to know
Who know the genii

Pernas pernas então nenhuma
Enquanto a aranha
Morte aranha morte
A gênia que não consegue parar de saber
O que dizer enquanto a aranha
Enquanto eu disser
Enquanto eu ou a aranha
Viva ou morta o morrer de
Quem não consegue parar de saber
Quem morte quem eu
A aranha quem enquanto
O que dizer enquanto
Quem não consegue parar
Quem não pode
Não pode parar
Parar
Não pode
A aranha
Morte
Eu
Nós
Os gênios
Saber
O que dizer enquanto a
Quem não pode
Enquanto a aranha o que
O que faz morre
Morte aranha morte
Quem não pode
Morte parar morte
Para saber dizer o que
Ou não a aranha
Ou se eu disser
Ou se eu não disser
Quem não pode parar de saber
Quem conhecem os gênios

Who say the I
Who they we cannot
Death cease death
To know say I
Oh pity poor pretty
How thorough life love
No matter space spider
How horrid reality
What to say when
What when
Who cannot
How cease
The knowing of always
Who these this space
Before after here
Life now my face
The face love the
The legs real when
What time death always
What to say then
What time the spider

Quem diz o eu
Quem eles nós não podemos
Morte parar morte
Para saber dizer eu
Oh pena pobre belezinha
Que meticulosos vida amor
Não importa espaço aranha
Que hórrida realidade
O que dizer enquanto
O que enquanto
Quem não pode
Como parar
O saber do sempre
Quem estes este espaço
Antes depois aqui
Vida agora minha cara
A cara amor a
As pernas reais enquanto
Que hora morte sempre
O que dizer então
Que hora a aranha

OPENING OF EYES

Thought looking out on thought
Makes one an eye.
One is the mind self-blind,
The other is thought gone
To be seen from afar and not known.
Thus is a universe very soon.

The immense surmise swims round and round,
And heads grow wise
Of marking bigness,
And idiot size
Spaces out Nature,

And ears report echoes first,
Then sounds, distinguish words
Of which the sense comes last —
From mouths spring forth vocabularies
As if by charm.
And thus do false horizons claim pride
For distance in the head
The head conceives outside.

Self-wonder, rushing from the eyes,
Returns lesson by lesson.
The all, secret at first,
Now is the knowable,
The view of flesh, mind's muchness.

ABRIR DE OLHOS

Pensamento dando para pensamento
Faz de alguém um olho.
Um é a mente cega-de-si,
O outro é pensamento ido
Para ser visto de longe e não sabido.
Assim se faz um universo brevemente.

A suposição imensa nada em círculos,
E cabeças ficam mais sábias
Enquanto notam a grandeza,
E a dimensão imbecil
Espaça a Natureza,

E ouvidos reportam primeiro os ecos,
Depois os sons, distinguem palavras
Cujos sentidos chegam por último —
Vocabulários jorram das bocas
Como por encanto.
E assim falsos horizontes se ufanam em ser
Distância na cabeça
Que a cabeça concebe lá fora.

O maravilhar-se, que escapa dos olhos,
Regressa a cada lição.
O tudo, antes segredo,
Agora é o conhecível,
A vista da carne, a grandeza da mente.

*But what of secretness,
Thought not divided, thinking
A single whole of seeing?
That mind dies ever instantly
Of too plain sight foreseen
Within too suddenly,
While mouthless lips break open
Mutely astonished to rehearse
The unutterable simple verse.*

Mas e quanto ao sigilo,
Pensamento individido, pensando
Um todo simples de ver?
Essa mente morre sempre instantaneamente
Ao prever em si, de repente demais,
A visão evidente demais,
Enquanto lábios sem boca se abrem
Mudamente atônitos para ensaiar
O verso simples e impronunciável.

SEA, FALSE PHILOSOPHY

Foremost of false philosophies,
The sea harangues the daft,
The possessed logicians of romance.
Their swaying gaze, that swaying mass
Embrace in everlasting loss —
Sea is the spurned dust
Sifted with fine renunciation
Into a metaphor,
A slow dilution.

The drifting rhythms mesmerize
The speechless book of dreams.
The lines intone but are not audible.
The course is overtrue and knows
Neither a wreckage nor a sequel.

Optimisms in despair
Embark upon this apathetic frenzy.
Brains baffled in their eyes
Rest on this picture of monotony
And swoons with thanks.
Ah, hearts whole so peculiarly,
Heaven keep you by such argument
Persuaded and unbroken,
Heaven keep you if it can
As visions widen to a watery zero
And prophecy expands into extinction.

OCEANO, FILOSOFIA FALSA

Primeiro de todas as falsas filosofias,
O oceano arenga para os doidos,
Os lógicos possessos do romance.
Seu olhar oscilante, essa massa oscilante,
Se abraçam em perda perpétua —
Oceano é pó rejeitado
Peneirado numa metáfora
Por uma fina renúncia,
É uma lenta diluição.

À deriva, ritmos mesmerizam
O livro mudo de sonhos.
As linhas entoam mas tão inaudíveis.
O trajeto é veraz demais e não conhece
Nem naufrágio nem seqüela.

Otimismos em desespero
Embarcam nesse apático frenesi.
Cérebros frustrados em seus olhos
Descansam nessa imagem de monotonia
E desmaiam, agradecidos.
Ah, corações tão peculiarmente íntegros,
O Céu vos proteja, diante de tal argumento,
Para que continueis persuadidos e íntegros,
O Céu vos proteja, se puder,
Enquanto visões se ampliam até um zero aquoso
E a profecia se expande até a extinção.

BY CRUDE ROTATION

*By crude rotation —
It might be as a water-wheel
Is stumbled and the blindfolded ox
Makes forward freshly with each step
Upon the close habitual path —
To my lot feel a blindness
That was but a blindedness,
And then an inexpressive heart,
And next a want I did not know of what
Through blindedness and inexpressiveness
Of heart.*

*To my lot fell
By trust, false signs, fresh starts,
A slow speed and a heavy reason,
A visibility of blindedness — these thoughts —
And then content, the language of the mind
That knowns no way to stop.*

*Thus turning, the tragedy of selfhood
And self-haunting smooths with turning,
While the worn track records
Another, and one more.*

*To my lot fell
Such waste and profit,
By crude rotation
Too little, too much,
Vain repetition,*

POR UMA TOSCA ROTAÇÃO

Por uma tosca rotação —
Como se uma roda d'água
Hesitasse e o boi de olhos vendados
Avançasse novamente a cada passo
Sobre a trilha familiar e íntima —
Em meu quinhão caiu uma cegueira
Que era apenas uma visão tapada
Que virou um coração inexpressivo,
Virou um desejo de não sei o quê
Por causa de cegueira e inexpressividade
De coração.

Em meu quinhão caiu,
Por causa de confiança, falsos sinais, recomeços,
Velocidade lenta e uma razão pesada,
Uma visibilidade de visão tapada — estes pensamentos —
E então o conteúdo, a linguagem da mente
Que não sabe como parar.

Rodando assim, a tragédia do ser-um-eu
E freqüentar-de-si se amacia com o giro,
Enquanto a trilha batida registra
Outro giro, e mais um.

Em meu quinhão caiu
Tanto desperdício e lucro,
Por uma tosca rotação
Bem pouca, demais,
Vã repetição,

*The picture over-like,
Illusion of well-being,
Base lust and tenderness of self.*

*Fall down, poor beast,
Of poor content.
Fly, wheel, be singular
That in the name of nature
This creaking round spins out.*

A imagem parecida demais,
Ilusão de bem-estar,
Luxúria vil e ternura de si.

Tombe, bicho pobre,
De pobre conteúdo.
Voe, roda, seja singular,
Para que em nome da natureza
Este giro rangente nunca cesse.

SLEEP CONTRAVENED

An hour was taken
To make the day an hour longer.
The longer day increased
In what had been unfinished.
Another hour from sleep was taken,
Till all sleep was contravened,
Yet the day's course
More long and more undone.

And the sleep gone.
And the same day goes on and on,
A mighty day, with sleeplessness
A gradual evening toward soon lying down.

Soon, soon.
And sleep forgotten,
Like: What was birth?
And no death yet, the end so slowly,
We seem departing but we stay.

And if we say
There will be more to do
And never through though much is through.
For much keeps the eyes so much open,
So much open is so much sleep forgotten,
Sleep forgotten is sleep contravened,
Sleep contravened is so much longer mind,
More thought, more speaking,
Instead of sleep, blinking, blinking,

SONO TRANSGREDIDO

Uma hora do dia foi subtraída
Para fazê-lo durar mais uma hora.
O dia dilatado cresceu
No que tinha sido interrompido.
Mais uma hora do sono foi subtraída,
Até que todo o sono fosse transgredido,
Embora o curso do dia
Durasse mais, mais se adiasse.

E o sono, sumido.
E o mesmo dia nunca termina,
Um dia enorme, e a insônia,
Um gradual entardecer rumo a logo se deitar.

Logo, logo.
E o sono, esquecido,
Tipo: o que foi nascer?
E nenhuma morte até aqui, o fim tão lento,
Parecemos partir mas permanecemos.

E se permanecemos
Algo mais há de ser feito
E nunca termine embora muito termine.
Pois o muito mantém os olhos tão abertos,
Muito aberto é muito mais sono esquecido,
Sono esquecido é sono transgredido,
Sono transgredido é a mente durando bem mais,
Mais pensamento, mais dizendo,
Em vez de dormindo, piscando, piscando,

Blinking upright and with dreams
Same as all usual things,
Usual things same as all dreams.

Piscando de pé e por causa de sonhos
Que são iguais a todas as coisas comuns,
As coisas comuns iguais a todos os sonhos.

WORLD'S END

The tympanum is worn thin.
The iris is become transparent.
The sense has overlasted.
Sense itself is transparent.
Speed has caught up with speed.
Earth rounds out earth.
The mind puts the mind by.
Clear spectacle: where is the eye?

All is lost, no danger
Forces the heroic hand.
No bodies in bodies stand
Oppositely. The complete world
Is likeness in every corner.
The names of contrast fall
Into the widening centre.
A dry sea extends the universal.

No suit and no denial
Disturb the general proof.
Logic has logic, they remain
Locked in each other's arms,
Or were otherwise insane,
With all lost and nothing to prove
That even nothing can live through love.

FIM DO MUNDO

O tímpano está no fim.
A íris ficou transparente.
O sentido se desgasta.
Até o sentido está transparente.
A pressa alcança a pressa.
A terra arredonda a terra.
A mente encosta a mente.
Claro espetáculo: cadê o olho?

Tudo perdido, nenhum perigo
Força a mão heróica.
Corpos não se opõem mais
Um contra o outro. O mundo acabado
É semelhança em toda parte.
Caem os nomes do contraste
No centro que se expande.
O mar seco estende o universal.

Nem súplica nem negativa
Perturbam a evidência geral.
A lógica tem lógica, e eles ficam
Trancados nos braços um do outro,
Senão seriam loucos,
Com tudo perdido e nada que prove
Que até o nada sobrevive ao amor.

NEARLY

*Nearly expressed obscurity
That never was yet but always
Was to be next and next when
The lapse of to-morrow into yesterday
Should be repaired at least till now,
At least till now, till yesterday —
Nearly recaptured chaos
That truth, as for a second time,
Has not yet fallen or risen to —
What news? And which?
You that never were yet
Or I that never am until?*

QUASE

Obscuridade quase expressa
Que nunca foi ainda mas sempre
Era para ser a próxima e a próxima
Quando o lapso do ontem no amanhã
Devia ser arrumado pelo menos até já,
Pelo menos até já, até ontem —
Caos quase reconquistado
No qual a verdade, como se uma vez mais,
Ainda não tivesse caído ou se erguido —
O que há de novo? Qual é?
Você que nunca foi ainda
Ou eu que nunca sou até?

FAITH UPON THE WATERS

A ghost rose when the waves rose,
When the waves sank stood columnwise
And broken: archaic is
The spirituality of sea,
Water haunted by an imagination
Like fire previously.

More ghost when no ghost,
When the waves explain
Eye to the eye...

And dolphins tease,
And the ventriloquist gulls,
Their angular three-element cries...

Fancy ages.
A death-bed restlessness inflames the mind
And a warm mist attacks the face
With mortal premonition.

FÉ SOBRE AS ÁGUAS

Um fantasma se ergueu quando ondas se ergueram,
E ficou, quando as ondas baixaram, como coluna
Quebrada: é arcaica
A espiritualidade do mar,
Água assombrada por uma imaginação
Como fogo anteriormente.

Mais fantasma quando fantasma algum,
Quando as ondas explicam
O que é olho pro olho...

E golfinhos caçoam,
E as gaivotas ventríloquas,
Seus gritos tri-elementais e angulares...

A fantasia definha.
Um desasossego de leito de morte inflama a mente
E uma névoa quente ataca a face
Com premonição mortal.

O VOCABLES OF LOVE

O vocables of love,
O zones of dreamt responses
Where wing on wing folds in
The negro centuries of sleep
And the thick lips compress
Compendiums of silence —

Throats claw the mirror of blind triumph,
Eyes pursue sight into the heart of terror.
Call within call
Succumbs to the indistinguishable
Wall within wall
Embracing the last crushed vocable,
The spoken unity of efforts.

O vocables of love,
The end of an end is an echo,
A last cry follows a last cry.
Finality of finality
Is perfection's touch of folly.
Ruin unfolds from ruin.
A remnant breeds a universe of fragment.
Horizons spread intelligibility
And once more it is yesterday.

Ó VOCÁBULOS DO AMOR

Ó vocábulos do amor,
Ó zona de respostas sonhadas
Onde asa em asa se recolhe
Nos negros séculos do sono
E lábios espessos comprimem
Compêndios de silêncio —

Gargantas unham o espelho do cego triunfo,
Olhos perseguem a visão no coração do terror.
Urro dentro de urro
Sucumbe ao indistinguível
Muro dentro de muro
Abraçando o último vocábulo esmagado,
A unidade falada dos esforços.

Ó vocábulos do amor,
O fim de um fim é um eco,
Um grito último sucede a um último grito.
O fim da finalidade
É o toque de doidice da perfeição.
Ruína brota de ruína.
Um resto procria um universo de fragmento.
Horizontes dispersam a inteligibilidade
E novamente é ontem.

BEYOND

Pain is impossible to describe
Pain is the impossibility of describing
Describing what is impossible to describe
Which must be a thing beyond description
Beyond description not to be known
Beyond knowing but not mystery
Not mystery but pain not plain but pain
But pain beyond but here beyond

ALÉM

Dor é impossível de se descrever
Dor é a impossibilidade de descrever
Descrever o que não é possível descrever
O que deve ser uma coisa além da descrição
Além da descrição para não ser conhecido
Além do conhecido mas não mistério
Não mistério mas dor não claro mas dor
Mas dor além mas aqui além

COME, WORDS, AWAY

Come, words, away from mouths,
Away from tongues in mouths
And reckless hearts in tongues
And mouths in cautious heads —

Come, words, away to where
The meaning is not thickened
With the voice's fretting substance,
Nor look of words is curious
As letters in books staring out
All that man ever thought strange
And laid to sleep on white
Like the archaic manuscript
Of dreams at morning blacked on wonder.

Come, words, away to miracle
More natural than written art.
You are surely somewhat devils,
But I know a way to soothe
The whirl of you when speech blasphemes
Against the silent half of language
And, labouring the blab of mouths,
You tempt prolixity to ruin.
It is to fly you home from where
Like stealthy angels you made off once
On errands of uncertain mercy:
To tell with me a story here
Of utmost mercy never squandered
On niggard prayers for eloquence —
The marvelling on man by man.

VENHAM EMBORA, PALAVRAS

Venham embora, palavras, das bocas,
Das línguas nas bocas
Dos corações imprudentes nas línguas
E das bocas em cabeças cautelosas —

Venham embora, palavras, para onde
O sentido não se engrosse
Com a substância impaciente da voz,
Nem a aparência das palavras é curiosa,
Como letras nos livros encarando
Tudo que o homem achava estranho
E punha para dormir no branco
Como o arcaico manuscrito
Dos sonhos da manhã, negritado no espanto.

Venham embora, palavras, para o milagre
Mais natural que a arte escrita.
Tens um quê de demônio,
Mas sei um jeito de amansar
Esse seu redemoinho quando a fala blasfema
Contra a metade quieta da linguagem
E, manipulando o boato das bocas,
Você seduz a prolixidade para que se arruíne.
É fazer voar você da casa onde, um dia,
Você fugiu sorrateiramente como anjos sigilosos
Em tarefas de misericórdia incerta:
Para contar comigo uma história aqui
De suma misericórdia e nunca desperdiçada
Preces mesquinhas por eloqüência —
O maravilhar do humano pelo humano.

*I know a way, unwild we'll mercy
And spread the largest news
Where never a folded ear dare make
A deaf division of entirety.*

*That fluent half-a-story
Chatters against this silence
To which, words, come away now
In an all-merciful despite
Of early silvered treason
To the golden all of storying.*

*We'll begin fully at the noisy end
Where mortal halving tempered mercy
To the shorn utterance of man-sense;
Never more than savageries
Took they from your bounty-book.*

*Not out of stranger-mouths then
Shall words unwind but from the voice
That haunted there like dumb ghost haunting
Birth prematurely, anxious of death.
Not ours those mouths long-lipped
To falsity and repetition
Whose frenzy you mistook
For loyal prophetic heat
To be improved but in precision.*

*Come, words, away —
That was an alien vanity,
A rash startling and a preening
That from truth's wakeful sleep parted
When she within her first stirred story-wise,
Thinking what time it was or would be
When voiced illumination spread:
What time, what words, what she then.*

Eu sei de um jeito: inselvagens, vamos agradecer
E espalhar as maiores notícias
Onde nunca um ouvido dobrado ousará fazer
Uma divisão surda da inteireza.

Aquela fluente história-pela-metade
Papeia contra este silêncio
Para o qual, palavras, venham embora agora
Num despeito todo-misericordioso
De traição primeira e prateada
Contra o todo dourado do historiar.

Começaremos com tudo no fim barulhento
Onde o dividir mortal ameniza a misericórdia
Pela elocução tosada do sentido humano;
Nunca conseguiram mais do que selvagerias
De sua bondade-livro.

As palavras se desenrolem então,
Não de bocas forasteiras, e sim da voz
Que assombrou ali como um fantasma mudo assombrando
O nascer prematuramente, ansioso por causa da morte.
Não são nossas essas bocas peritas em lábia,
Em falsidade e repetição
Cujo frenesi você confundiu
Com a ardência profética e leal
A ser melhorada só em precisão.

Venham embora, palavras —
Aquilo foi uma vaidade estrangeira,
Um sobressalto precipitado e uma vaidade
Que do sono desperto da verdade partiu
Na primeira vez em que acordou de si como uma história,
Pensando em que tempo foi ou teria sido
Quando a iluminação falada se espalhou:
O que eram tempo, palavras, ela.

Come, words, away,
And tell with me a story here,
Forgetting what's been said already:
That hell of hasty mouths removes
Into a cancelled heaven of mercies
By flight of words back to this plan
Whose grace goes out in utmost rings
To bounds of utmost storyhood.

But never shall truth circle so
Till words prove language is
How words come from far sound away
Through stages of immensity's small
Centering the utter telling
In truth's first soundlessness.

Come, words, away:
I am a conscience of you
Not to be held unanswered past
The perfect number of betrayal.
It is a smarting passion
By which I call —
Wherein the calling's loathsome as
Memory of man-flesh over-fondled
With words like over-gentle hands.
Then come, words, away,
Before lies claim the precedence of sin
And mouldered mouths writhe to outspeak us.

Venham embora, palavras,
E contemos uma história aqui,
Esquecendo tudo o que já foi dito:
Aquele inferno de bocas apressadas se muda
Para um paraíso cancelado de mercês
Pelo regresso em fuga das palavras a este plano
Cuja graça expande em máximos anéis
Até os limites da máxima historidade.

Mas nunca a verdade circule, até
As palavras provarem que a linguagem é
O jeito como as palavras, vindas de longe, vivem soando
Por estágios de pequenez imensa
Centrando a fala absoluta
Na primeva insonoridade da verdade.

Venham embora, palavras:
Eu sou uma consciência de vocês
Não para ser deixada sem resposta
Além do número perfeito da traição.
É uma paixão doendo
Com a qual eu convoco —
Em que a convocação seja abominável como
A memória de carne de homem acariciada demais
Com palavras como mãos gentis demais.
Então venham embora, palavras,
Antes que mentiras reivindiquem a primazia do pecado
E bocas esfareladas se contorçam para falar melhor que nós.

AS MANY QUESTIONS AS ANSWERS

What is to start?
It is to have feet to start with.
What is to end?
It is to have nothing to start again with,
And not to wish.

What is to see?
It is to know in part.
What is to speak?
It is to add part to part
And make a whole
Of much or little.
What is to whisper?
It is to make soft
The greed of speaking faster
Than is substance for.
What is to cry out?
It is to make gigantic
Where speaking cannot last long.

What is to be?
It is to bear a name.
What is to die?
It is to be name only.
And what is to be born?
It is to choose the enemy self
To learn impossibility from.
And what is to have hope?
It is to choose a god weaker than self,
And pray for compliments?

TANTAS PERGUNTAS QUANTO RESPOSTAS

O que é começar?
É ter pés pra começar.
O que é terminar?
É nada ter com que recomeçar,
E não querer.

O que é ver?
É conhecer em parte.
O que é falar?
É juntar parte com parte
E fazer um todo
Do muito ou pouco.
O que é sussurrar?
É suavizar
A ganância de falar mais rápido
Que sua substância.
O que é gritar?
É tornar gigante
Onde falar não dura muito mais.

O que é ser?
É ter um nome.
O que é morrer?
É ter um nome e só.
E o que é nascer?
É escolher o eu inimigo
E dele aprender o impossível.
E o que é ter fé?
É escolher um deus mais fraco do que o eu,
E rezar por elogios?

What is to ask?
It is to find an answer.
What is to answer?
Is it to find a question?

O que é perguntar?
É achar uma resposta.
O que é responder?
Será achar uma pergunta?

EARTH

Have no wide fears for Earth:
Its universal name is 'Nowhere'.
If it is Earth to you, that is your secret.
The outer records leave off there,
And you may write it as it seems,
And as it seems, it is,
A seeming stillness
Amidst seeming speed.

Heavens unseen, or only seen,
Dark or bright space, unearthly space,
Is a time before Earth was
From which you inward move
Toward perfect now.

Almost the place it is not yet,
Potential here of everywhere —
Have no wide fears for it:
Its destiny is simple,
To be further what it will be.

Earth is your heart
Which has become your mind
But still beats ignorance
Of all it knows —
As miles deny the compact present
Whose self-mistrusting past they are.
Have no wide fears for Earth:
Destruction only on wide fears shall fall.

TERRA

Não tenha medos extensos da Terra:
Seu nome universal é 'Nenhum lugar'.
Se é Terra para você, é seu segredo.
Os registros externos terminam ali,
E você pode descrevê-la como parece,
E como parece, ela é,
Calma aparente
Em meio a pressa aparente.

Céus não vistos, ou só vistos,
Espaço escuro ou claro, espaço extraterrestre,
É um tempo antes da Terra existir
De onde você ruma
Ao perfeito agora.

Quase o lugar que ainda não é,
Aqui potencial de toda parte —
Não tenha medos extensos dela:
Seu destino é simples,
Ser ainda mais o que será.

A terra é o coração que erra
Até tornar sua mente
Mas ainda pulsa ignorância
De tudo o que sabe —
Como milhas renegam o presente compacto
Que são o passado suspeito-de-si.
Não tenha grandes medos da Terra:
Só medos extensos serão destruídos.

AND A DAY

The course of a day is never steady.
The hours experiment with pain and pleasure.
By bedtime all you know is giddiness.
But how long is a day?
Some say as long as love.
But love leaves off early,
Before to-morrow and death set in.
How long has day on day been?
Some say for ever.
But starting from when?

From no sooner than first when
Eyes opened far and saw not all —
From no later than last when
Was time for no more than a day,
A day of guessing:
How long is it permitted
So little done so much to call?

E UM DIA

O curso de um dia nunca é constante.
As horas experimentam dor e prazer.
Na hora da cama só conhece vertigem.
Mas quanto dura um dia?
Tanto quanto o amor, dizem uns.
Mas o amor vai embora cedo,
Antes que o amanhã e a morte se manifestem.
E quanto tempo dura o dia-a-dia?
Uns dizem desde sempre.
Mas começando quando?

No mesmo instante em que pela primeira vez
Os olhos se arregalaram e não viram tudo —
Num não tão tarde quando, pela última vez,
O tempo durou não mais que um dia,
Um dia de adivinhar:
Por quanto tempo é permitido
Chamar de tanto o que é tão pouco?

WITH THE FACE

With the face goes a mirror
As with the mind a world.
Likeness tells the doubting eye
That strangeness is not strange.
At an early hour and knowledge
Identity not yet familiar
Looks back upon itself from later,
And seems itself.

To-day seems now.
With reality-to-be goes time.
With the mind goes a world.
With the heart goes a weather.
With the face goes a mirror
As with the body a fear.
Young self goes staring to the wall
Where dumb futurity speaks calm,
And between then and then
Forebeing grows of age.

The mirror mixes with the eye.
Soon will it be the very eye.
Soon will the eye that was
The very mirror be.
Death, the final image, will shine
Transparently not otherwise
Than as the dark sun described
With such faint brightnesses.

COM A FACE

Com a face segue um espelho
Como com a mente um mundo.
A semelhança diz ao olho que duvida
Que a estranheza não é estranha.
Num primeiro tempo e conhecimento,
A identidade ainda não familiar
Olha para trás ao si de pouco depois,
E parece consigo.

Hoje parece já.
Com a quase-realidade segue o tempo.
Com a mente segue um mundo.
Com o coração segue um clima.
Com a face segue um espelho
Como com o corpo um medo.
Jovem si-mesmo encara uma parede
Onde um futuro mudo fala sem pressa,
E entre então e então
O pré-ser envelhece.

O espelho mistura-se com o olho.
Logo será o próprio olho.
Logo será o olho que era
O espelho mesmo ser.
A morte, imagem derradeira, vai brilhar
Transparente e não de outra maneira
Tal qual o sol negro descrito
Com tantas lucilâncias.

THE WIND, THE CLOCK, THE WE

The wind has at last got into the clock —
Every minute for itself.
There's no more sixty,
There's no more twelve,
It's as late as it's early.

The rain has washed out the numbers.
The trees don't care what happens.
Time has become a landscape
Of suicidal leaves and stoic branches —
Unpainted as fast as painted
Or perhaps that's too much to say,
With the clock devouring itself
And the minutes given leave to die.

The sea's no picture at all.
To sea, then: that's time now,
And every mortal heart's a sailor
Sworn to vengeance on the wind,
To hurl life back into the thin teeth
Out of which first it whistled,
An idiotic defiance of it knew not what
Screeching round the studying clock.

Now there's neither ticking nor blowing.
The ship has gone down with its men,
The sea with the ship, the wind with the sea.
The wind at last got into the clock,
The clock at last got into the wind,
The world at last got out of itself.

O VENTO, O RELÓGIO, O NÓS

Enfim o vento entrou no relógio —
Cada minuto por si.
Não há mais sessenta,
Não há mais doze,
É tão tarde quanto cedo.

A chuva desbotou os números.
As árvores nem ligam para o que acontece.
O tempo virou uma paisagem
De folhas suicidas e galhos estóicos —
Que se despintam tão logo pintam.
Ou talvez seja exagero dizer isso,
Com o relógio se devorando
E os minutos com licença para morrer.

O mar não tem imagem alguma.
Ao mar, então, que agora é tempo,
E cada coração mortal um marinheiro
Jurado a se vingar do vento,
A relançar a vida aos dentes frágeis
De onde saiu o primeiro sopro,
Um desafio idiota ao que não sabia
Berrando ao redor do relógio estudioso.

Agora não há tic-tacs nem brisa.
O barco foi a pique com seus homens,
O mar com o barco, o vento com o mar.
O vento enfim entrou no relógio,
O relógio enfim entrou no vento,
O mundo enfim saiu de si.

At last we can make sense, you and I,
You lone survivors on paper,
The wind's boldness and the clock's care
Become a voiceless language,
And I the story hushed in it —
Is more to say of me?
Do I say more than self-choked falsity
Can repeat word for word after me,
The script not altered by a breath
Of perhaps meaning otherwise?

Podemos enfim fazer sentido, eu e vocês,
Sobreviventes solitárias no papel,
A ousadia do vento e o zelo do relógio
Viram uma linguagem muda,
E eu a história que nela se calou —
Algo mais a ser dito sobre mim?
Direi mais que a falsidade que se afoga
Possa repetir-me palavra por palavra,
Sem que o escrito se altere por um hálito
De querer dizer talvez outra coisa?

THE WORLD AND I

*This is not exactly what I mean
Any more than the sun is the sun.
But how to mean more closely
If the sun shines but approximately?
What a world of awkwardness!
What hostile implements of sense!
Perhaps this is as close a meaning
As perhaps becomes such knowing.
Else I think the world and I
Must live together as strangers and die —
A sour love, each doubtful whether
Was ever a thing to love the other.
No, better for both to be nearly sure
Each of each — exactly where
Exactly I and exactly the world
Fail to meet by a moment, and a word.*

O MUNDO E EU

Isto não é bem o que quero dizer, não,
Nada mais do que o sol é o sol.
Mas como significar mais corretamente
Se o sol brilha aproximadamente?
Que mundo mais desajeitado!
Que hostis implementos de sentido!
Talvez isto seja o sentido mais preciso
Que talvez fiquem bem o saber disso.
Ou então, acho que o mundo e eu, sim,
Devemos viver como estranhos até o fim —
Um amor azedo, ambos duvidando um pouco
Se um dia houve algo como amar o outro.
Não, melhor termos quase certeza
Cada um de nós onde é que exa-
tamente eu e exatamente o mundo falha
Em se cruzar por um segundo, e uma palavra.

THERE IS NO LAND YET

The long sea, how short-lasting,
From water-thought to water-thought
So quick to feel surprise and shame.
Where moments are not time
But time is moments.
Such neither yes nor no,
Such only love, to have to-morrow
By certain failure of now and now.

On water lying strong ships and men
In weakness skilled reach elsewhere:
No prouder places from home in bed
The mightiest sleeper can know.
So faith took ship upon the sailor's earth
To seek absurdities in heaven's name —
Discovery but a fountain without source,
Legend of mist and lost patience.

The body swimming in itself
Is dissolution's darling.
With dripping mouth it speaks a truth
That cannot lie, in words not born yet
Out of first immortality,
All-wise impermanence.

And the dusty eye whose accuracies
Turn watery in the mind
Where waves of probability
Write vision in a tidal hand
That time alone can read.

NENHUMA TERRA AINDA

O mar demorado, como é fugaz,
De agüidéia a agüidéia
Tão rápida em sentir surpresa e vergonha.
Onde momentos não são tempo
Mas tempo são momentos.
Tanto nem sim nem não,
Tanto único amor, ter o amanhã
Por um fracasso inevitável de agora e já.

Deitados na água barcos e homens fortes,
Mestres em fraqueza, partem para algum lugar:
O mais poderoso dorminhoco em sua cama
É incapaz de conhecer lugares nobres assim.
Então a fé embarcou na terra do marinheiro
Em busca de absurdos em nome do céu —
Descobrimento, uma fonte sem fonte,
Lenda de neblina e paciência perdida.

O corpo nadando em si mesmo
É o querido da dissolução.
Com gotejante boca diz uma verdade
Que não pode mentir, em palavras ainda não nascidas
Da primeira imortalidade,
Onissábia impermanência.

E o olho empoeirado cujas agudezas
Tornam-se aguadas na mente
Onde ondas de probabilidade
Escrevem a visão com letra de maré
Que só o tempo pode ler.

And the dry land not yet,
Lonely and absolute salvation —
Boasting of constancy
Like an island with no water round
In water where no land is.

E a terra seca ainda não,
Salvação e solidão absolutas —
Ostentando sua constância
Como uma ilha sem água ao redor
Numa água sem terra alguma.

POET: A LYING WORD

You have now come with me, I have now come with you, to the season that should be winter, and is not: we have not come back.

We have not come back: we have not come round: we have not moved. I have taken you, you have taken me, to the next and next span, and the last — and it is the last. Stand against me then and stare well through me then. It is a wall not to be scaled and left behind like the old seasons, like the poets who were the seasons.

Stand against me then and stare well through me then. I am no poet as you have span by span leapt the high words to the next depth and season, the next season always, the last always, and the next. I am a true wall: you may but stare me through.

It is a false wall, a poet: it is a lying word. It is a wall that closes and does not.

This is no wall that closes and does not. It is a wall to see into, it is no other season's height. Beyond it lies no depth and height of further travel, no partial courses. Stand against me then and stare well through me then. Like wall of poet here I rise, but am no poet as walls have risen between next and next and made false end to leap. A last, true wall am I: you may but stare me through.

POETA: PALAVRA MENTIROSA

Você chegou comigo, eu cheguei com você, à estação que devia ser inverno, e não é: não retornamos.

Não retornamos: não voltamos ao começo: nem nos movemos. Eu levei você, você me levou, ao próximo e próximo espaço de tempo e ao último — e é o último. Fique contra mim, então, e encare e olhe bem através de mim, então. Não é muro algum para ser escalado e deixado para trás como as velhas estações, como os poetas que eram as estações.

Fique contra mim, então, e encare e olhe bem através de mim, então. Não sou nenhum poeta como você que tem a cada espaço de tempo saltado as altas palavras rumo a próxima profundidade e estação, sempre a próxima estação, sempre a última, e a próxima. Sou um muro de verdade: só lhe resta olhar bem através de mim.

É um muro falso, um poeta: é uma palavra mentirosa. É um muro que fecha e não se fecha.

Isto não é nenhum muro que fecha e não se fecha. É um muro para se olhar dentro, não é nenhuma outra alta temporada. Além dele não existem altos e baixos de mais viagens, sem meio do caminho. Fique contra mim, então, e encare e olhe bem através de mim, então. Como muro de poeta fico, embora não seja um poeta como um muro sendo erguido entre o próximo e próximo vão e tornados falsos e intransponíveis. Enfim, sou um muro de verdade: só lhe resta olhar bem através de mim.

And the tale is no more of the going: no more a poet's tale of a going false-like to a seeing. The tale is of a seeing true-like to a knowing: there's but to stare the wall through now, well through.

It is not a wall, it is not a poet. It is not a lying wall, it is not a lying word. It is a written edge of time. Step not across, for then into my mouth, my eyes, you fall. Come close, stare me well through, speak as you see. But, oh, infatuated drove of lives, step not across now. Into my mouth, my eyes, shall you thus fall, and be yourselves no more.

Into my mouth, my eyes, I say, I say. I am no poet like transitory wall to lead you on into such slow terrain of time as measured out your single span to broken turns of season once and once again. I lead you not. You have now come with me, I have now come with you, to your last turn and season: thus could I come with you, thus only.

I say, I say, I am, it is, such wall, such poet, such not lying, such not leading into. Await the sight, and look well through, know by such standing still that next comes none of you.

Comes what? Come this even I, even this not-I, this not lying season when death holds the year as steady count — this every-year.

Would you not see, not know, not mark the count? What would you then? Why have you come here then? To leap a wall that is no wall, and a true wall? To step across into my eyes and mouth not yours? To cry me down like wall or poet as often your way led past down-falling height that seemed?

E a fábula não é mais sobre a ida: não é mais uma fábula de poeta de uma falsa ida rumo a uma visão. A fábula é sim sobre um ver de verdade rumo a um saber: só resta olhar através do muro agora, através mesmo.

Não é um muro, não é um poeta. Não é um muro mentiroso, não é uma palavra mentirosa. É uma beira escrita de tempo. Nem mais um passo, ou em minha boca, meus olhos, você vai despencar. Chegue perto, encare e olhe bem através de mim, fale enquanto você vê. Mas, oh, rebanho de vidas totalmente apaixonadas, nem mais um passo agora. Senão em minha boca, em meus olhos, vocês vão despencar, e não ser mais vocês.

Em minha boca, em meus olhos, estou dizendo, estou dizendo. Não sou nenhum poeta como muro transitório que o conduza por um tão lento terreno de tempo, como o que mediu seu único espaço de tempo com ciclos interrompidos de estação outra e outra vez. Não o conduzo. Você chegou comigo, eu cheguei com você, a seu último ciclo e estação: só assim eu viria com você, só assim.

Estou dizendo, estou dizendo, eu sou, é, tamanho muro, tamanho poeta, tamanho não mentir, tamanho não conduzir. Espere a vista, e olhe bem, saiba que por tal parar assim nenhum de vocês há de vir depois.

Virá o quê? Virá até este eu, até este não-eu, esta estação que não mente quando a morte mantém o ano em tempo — este todos-os-anos.

Você não veria, não saberia, não contaria o tempo? Então o que você faria? Então por quê você veio aqui? Para saltar um muro que não é muro, e sim um muro de verdade? Para me atravessar e despencar em meus olhos e boca que não são as suas? Para me depreciar aos gritos como se eu fosse

I say, I say, I am, it is: such wall, such end of graded travel. And if you will not hark, come tumbling then upon me, into my eyes, my mouth, and be the backward utterance of yourselves expiring angrily through instant seasons that played you time-false.

My eyes, my mouth, my hovering hands, my intransmutable head: wherein my eyes, my mouth, my hands, my head, my body-self, are not such mortal simulacrum as everlong in boasted death-course, nevelong? I say, I say, I am not builded of you so.

This body-self, this wall, this poet-like address, is that last barrier long shied of in your elliptic changes: out of your leaping, shying, season-quibbling, have I made it, is it made. And if now poet-like it rings with one-more-time as if, this is the mounted stupor of your everlong outbiding worn prompt and lyric, poet-like — the forbidden one-more-time worn time-like.

Does it seem I ring, I sing, I rhyme, I poet-wit? Shame on me then! Grin me your foulest humour then of poet-piety, your eyes rolled up in white hypocrisy — should I be one sprite more of your versed fame — or turned from me into your historied brain, where the lines read more actual? Shame on me then!

um muro ou poeta enquanto seu caminho passava ao ápice da queda que parecia?

Estou dizendo, estou dizendo, eu sou, é: tamanho muro, tamanho fim de viagem gradual. E se você não escutar, venha tropeçando em cima de mim, em meus olhos, minha boca, e ser o seu dizer às avessas de vocês mesmos expirando zangadamente durante estações instantâneas que enganaram vocês usando o tempo.

Meus olhos, minha boca, minhas mãos hesitantes, minha cabeça intransmutável: em que meus olhos, minha boca, minhas mãos, minha cabeça, meu corpo-eu, não é nenhum simulacro mortal como o que eternamente vocês construíram contra a própria morte, pra manter vocês eternamente no alardeado caminho da morte, nuncamente? Estou dizendo, estou dizendo, não sou feito de vocês, desse jeito.

Este corpo-eu, este muro, este discurso poeteiro, é aquela última barreira há tanto tempo evitada durante suas mudanças elípticas: de seu saltar, seu evitar, cri-cris de estação, eu o fiz, dito e feito. E se agora poeteiramente soa com como-se-mais-uma-vez, este é o estupor montado de sua eterna perseverança vestida pronta e lírica, poeteiramente — o proibido mais-uma-vez vestido como tempo.

Pareço soar, cantar, rimar, tudo poetizar? Que vergonha de mim, então! Então sorria-me seu humor repugnantissíssimo de poeta-patético, seus olhos revirados de branca hipocrisia — deveria eu ser mais uma fada da sua fama versificada — ou transformado em seu cérebro historiado, onde as linhas significam mais atuais. Que vergonha de mim, então!

And haste unto us both, my shame is yours. How long I seem to beckon like a wall beyond which stretches longer length of fleshsome traverse: it is your lie of flesh and my flesh-seeming stand of words. Haste then unto us both! I say, I say. This wall reads 'Stop!' This poet verses 'Poet: a lying word!'

Shall the wall then not crumble, as to walls is given? Have I not said: 'Stare me well through'? It is indeed a wall, crumble it shall. It is a wall of walls, stare it well through: the reading gentles near, the name of death passes with the season that it was not.

Death is a very wall. The going over walls, against walls, is a dying and a learning. Death is a knowing-death. Known death is truth sighted at the halt. The name of death passes. The mouth that moves with death forgets the word.

And the first page is the last of death. And haste unto us both, lest the wall seem to crumble not, to lead mock-onward. And the first page reads: 'Haste unto us both!' And the first page reads: "Slowly, it is the first page only."

Slowly, it is the page before the first page only, there is no haste. The page before the first page tells of death, haste, slowness: how truth falls true now at the turn of page, at time of telling. Truth one by one falls true. And the first page reads, the page which is the page before the first page only: "This once-upon-a-time when seasons failed, and time stared through the wall nor made to leap across, is the hour, the season, seasons, year and years, no wall and wall, where when and when the classic lie dissolves and nakedly time salted is with truth's sweet flood nor yet to mix with, but be salted tidal-sweet — O sacramental

Seja dada a nossa pressa, minha vergonha é sua. Por quanto tempo pareço acenar como um muro além do qual se estende um período mais longo dessa travessia de carne: é sua mentira de carne e meu arvoredo de palavras que parecem ser carne. Seja dada a nossa pressa! Estou dizendo, estou dizendo. Nesse muro se lê 'Pare!'. Este poeta versa: 'Poeta: palavra mentirosa'!

Então, não desmoronar o muro, como acontece com muros? Eu não disse: 'Encare bem através de mim'? É um muro de verdade, vai desmoronar. É um muro de muros, encare bem através dele: a leitura chega de mansinho, o nome da morte passa com a estação que ela não era.

A morte é um muro mesmo. Passar por muros, topar com muros, é um morrer e um aprender. Morte é um saber-de-morte. A morte que se sabe é a verdade vista na parada. O nome da morte passa. A boca que se morte-move esquece a palavra.

E a primeira página é a última da morte. E seja dada a nossa pressa, ou então o muro parecerá não se desmoronar, e continuar falsamente. E na primeira página se lê: 'Seja dada a nossa pressa!' E na primeira página se lê: 'Vai devagar, esta é só a primeira página'.

Vai devagar, é só a página antes da primeira página, não é preciso pressa. A página antes da primeira página relata morte, pressa, lentidão: quão verdadeira a verdade agora no virar da página, em tempo de relatar. Verdade atrás de verdade seria verdade. E na primeira página se lê, na página que é a primeira página antes da primeira apenas: "Este era-uma-vez quando as estações fracassaram, e o tempo encarava bem através do muro e nem tentava saltá-lo, é a hora, a estação, estações, ano e anos, sem muro, com muro, onde quando e quando a mentira clássica se dissolve e

ultimate by which shall time be old-renewed nor yet another season move". I say, I say.

nuamente o tempo é salpicado com o doce dilúvio da verdade ainda não impura, mas salgada maredocemente — Ó, causa sacramental pelo qual o tempo se renovelhecerá e nenhuma outra estação ainda mudará". Estou dizendo, estou dizendo.

BECAUSE OF CLOTHES

*Without dressmakers to connect
The good-will of the body
With the purpose of the head,
We should be two worlds
Instead of a world and its shadow
The flesh.*

*The head is one world
And the body is another —
The same, but somewhat slower
And more dazed and earlier,
The divergence being corrected
In dress.*

*There is an odour of Christ
In the cloth: bellow the chin
No harm is meant. Even, immune
From capital test, wisdom flowers
Out of the shaded breast, and the thighs
Are meek.*

*The union of matter with mind
By the method of raiment
Destroys not our nakedness
Nor muffles the bell of thought.
Merely the moment to its dumb hour
Is joined.*

POR CAUSA DAS ROUPAS

Sem costureiros para conectar
A boa vontade do corpo
Ao propósito da mente,
Devíamos ser dois mundos
Em vez de um mundo e sua sombra,
A carne.

A cabeça é um mundo
E o corpo um outro —
O mesmo, mas algo mais lento
E mais deslumbrado e anterior,
A divergência sendo corrigida
No vestido.

Há um cheiro de Cristo
No tecido: abaixo do queixo
Não se quer mal algum. Igual, imune
À prova capital, o saber floresce
Do seio protegido da luz, e as coxas
São humildes.

A união da matéria com a mente
Pelo método da indumentária
Não destrói nossa nudez
Nem abafa a sineta do pensamento.
O momento apenas une-se à sua hora
Muda.

*Inner is the glow of knowledge
And outer is the gloom of appearance.
But putting on the cloak and cap
With only the hands and the face showing,
We turn the gloom in and the glow forth
Softly.*

*Wherefore, by the neutral grace
Of the needle, we possess our triumphs
Together with our defeats
In a single balanced couplement:
We pause between sense and foolishness,
And live.*

No íntimo existe o brilho do conhecimento
E por fora existe o sombrio da aparência.
Mas ao vestir o manto e a touca
Só com mãos e face aparecendo,
Internalizamos o sombrio e brilhamos
Suavemente.

Por causa disso, pela graça neutra
Da agulha, nos apossamos de nossos triunfos
E de nossas derrotas
Numa conjugação equilibrada e única:
Hesitamos entre senso e insensatez,
E vivemos.

THE WHY OF THE WIND

We have often considered the wind,
The changing whys of the wind.
Of other weather we do not so wonder.
These are changes we know.
Our own health is not otherwise.
We wake up with a shiver,
Go to bed with a fever:
These are the turns by which nature persists,
By which, whether ailing or well,
We variably live,
Such mixed we, and such variable world.
It is the very rule of thriving
To be thus one day, and thus the next.
We do not wonder.
When the cold comes we shut the window.
That is winter, and we understand.
Does our own blood not do the same,
Now freeze, now flame within us,
According to the rhythmic-fickle climates
Of our lives with ourselves?

But when the wind springs like a toothless hound
And we are not even savaged,
Only as if upbraided for we know not what
And cannot answer —
What is there to do, if not to understand?
And this we cannot,
Though when the wind is loose
Our minds go gasping wind-infected

O PORQUÊ DO VENTO

Freqüentemente temos considerado o vento,
Os instáveis porquês do vento.
De outro tempo nenhum de nós se espanta.
Já conhecemos essas mudanças.
Nossa saúde não é diferente.
Acordamos com um calafrio,
Vamos pra cama com febre:
Esses são os turnos pelos quais persiste a natureza,
Pelos quais, bem ou doentes,
Vivemos variavelmente,
Tantos nós misturados, e um mundo tão variável.
É a regra do que medra,
Um dia ser de um jeito, no outro, de outro.
Não especulamos.
Quando chega o frio fechamos a janela.
Aquilo é inverno, e entendemos.
Também nosso sangue não faz o mesmo,
Ora gela, ora queima por dentro,
De acordo com os climas ritminstáveis
De nossas convivências com a gente?

Mas quando o vento salta como um cão sem dentes
E nem sequer somos mordidos,
Só como se censurados pelo que não sabemos,
E isso não podemos responder —
O que fazer, senão entender?
E isso não podemos,
Embora quando o vento está solto
Nossas mentes vão arfando, infeccionadas de vento,

To our mother hearts,
Seeking in whys of blood
The logic of this massacre of thought.

When the wind runs we run with it.
We cannot understand because we are not
When the wind takes our minds.
These are lapses like a hate of earth.
We stand as nowhere,
Blow from discontinuance to discontinuance,
Then flee to what we are
And accuse our sober nature
Of wild desertion of itself,
And ask the reason as a traitor might
Beg from the king a why of treason.

We must learn better
What we are and are not.
We are not the wind.
We are not every vagrant mood that tempts
Our minds to giddy homelessness.
We must distinguish better
Between ourselves and strangers.
There is much that we are not.
There is much that is not.
There is much that we have not to be.
We surrender to the enormous wind
Against our learned littleness,
But keep returning and wailing
"Why did I do this?"

Até nossos corações maternos,
Perseguindo em porquês de sangue
A lógica desse massacre do pensamento.

Quando o vento corre, a gente corre com ele.
Não podemos entender porque não existimos
Quando o vento leva nossas mentes.
Estes são lapsos como um ódio pela terra.
Ficamos como se em lugar nenhum,
Soprados de interrupção a interrupção,
Daí fugimos para o que somos
E acusamos nossa sóbria natureza
De selvagem deserção de si mesma,
E perguntamos o motivo como um traidor
A mendigar ao rei um porquê da traição.

Devemos aprender melhor
O que somos e não somos.
Não somos o vento.
Não somos cada humor nômade que tenta
Nossas mentes com vertigem desterrada.
Devemos distinguir melhor
Entre nós mesmos e estranhos.
Há tanta coisa que não somos.
Há tanta coisa que não é.
Há tanta coisa que não precisamos ser.
Nos rendemos ao vento imenso
Contra nossa letrada insignificância
Mas sempre voltamos e lamentamos
"Por que fiz isso?"

WHEN LOVE BECOMES WORDS

The yet undone, become the unwritten
By the activity of others
And the immobile pen of ourselves
Lifted, in postponed readiness,
Over the yet unsmooth paper of time —
Themes of the writing-table now,
All those implicit projects
By our minds rescued from enactment,
That lost literature which only death reads.

And we expect works of one another
Of exceeding not so much loveliness
Or fame among our physical sighs
As quietness, eventful
Not beyond thought, which moves unstrangely,
Without the historic sword-flash.

And I shall say to you, "There is needed now
A poem upon love, to forget the kiss by
And be more love than kiss to the lips."
Or, failing your heart's talkativeness,
I shall write this spoken kiss myself,
Imprinting it on the mouth of time
Perhaps too finally, but slowly,
Since execution now is prudent
With the reflective sleep the tongue takes
Between thought and said.

QUANDO O AMOR VIRA PALAVRAS

O ainda infeito se torna o inescrito
Pela atividade de outros
E a pena imóvel de nós mesmos
Se levanta, em prontidão adiada,
Sobre o papel insuave do tempo —
Temas da escrivaninha agora,
Todos aqueles projetos implícitos
Resgatados dos papéis por nossas mentes,
Aquela literatura perdida que só a morte lê.

E esperamos obras um do outro
Que excedam não tanto a beleza
Ou a fama entre nossos suspiros físicos
Quanto a quietude, memorável
Não além do pensamento, que se move, desestranhamente,
Sem as reluzentes espadas da história.

E eu lhe direi, "O que é preciso agora
É um poema sobre o amor, com o qual esquecêssemos o beijo
E ser para os lábios mais amor que beijo".
Ou, fracassando seu coração tagarela,
Eu mesmo escreverei este beijo falado,
Imprimindo-o na boca do tempo
Talvez finalmente demais, mas devagar,
Já que a execução agora é prudente
Com a soneca reflexiva que a língua tira
Entre o pensado e o dito.

*Thus, at last, to instruct ourselves
In the nothing we are now doing,
These unnatural days of inaction,
By telling the thing in a natural tone.
We must be brave:
Daring the sedentary future
With no other hope of passion than words,
And finding what we feel in what we think,
And knowing the rebated sentiment
For the wiser age of a once foolish deed.
As to say, where I once might have risen,
Bent to kiss like a blind wind searching
For a firm mouth to discover its own,
I now sit sociably in the chair of love,
Happy to have you or someone facing
At the distance bought by the lean of my head;
And then, if I may, go to my other room
And write of a matter touching all matters
With a compact pressure of room
Crowding the world between my elbows;
Further, to bed, and soft,
To let the night conclude, my lips still open,
That a kiss has been, or other night to dream.
The night was formerly the chronicler,
Whispering lewd rumours to the morning.
But now the story of the evening
Is the very smile of supper and after,
Is not infant to the nurse Romance,
Is the late hour at which I or you
May have written or read perhaps even this.*

*Sometimes we shall declare falsely,
Young in an earlier story-sense
Impossible at the reduced hour of words.
But however we linger against exactness,
Enlarging the page by so much error*

Assim, enfim, instruir a nós mesmos
No nada que agora estamos fazendo,
Esses dias inaturais de inatividade,
Ao contar a coisa num tom natural.
Devemos ser corajosos:
Ousando o futuro sedentário
Sem outra esperança de paixão além das palavras,
E encontrando o que sentimos no que pensamos,
E conhecendo o sentimento diminuído
Para a idade mais sábia de uma ação um dia tola.
Como se dissesse, onde um dia eu poderia ter levantado,
Curvada para beijar como um vento cego procurando
Uma boca firme para descobrir a própria,
Agora me sento socialmente na cadeira do amor,
Feliz por ter você ou outra pessoa encarando
A distância trazida pelo inclinar de minha cabeça;
E então, se me permitem, ir para minha outra sala
E escrever sobre um assunto que tocasse todos os assuntos
Com a pressão compacta de sala
Lotando o mundo entre meus cotovelos;
Mais adiante, para a cama, e suavemente,
Deixar que a noite conclua, meus lábios ainda abertos,
Que um beijo aconteceu, ou outra coisa ter sonhado.
A noite, um dia, foi a cronista
Sussurrando boatos lascivos para a manhã.
Mas agora a história do anoitecer
É o sorriso mesmo da ceia e do depois,
Não é um infante nos braços da enfermeira Romance,
É a hora tardia na qual eu e você
Podíamos ter escrito ou lido talvez até mesmo isto.

Às vezes vamos nos declarar falsamente,
Jovens num sentido anterior da estória
Impossível diante da hora abreviada das palavras.
Mas não importa o quanto nos demoramos contra a exatidão,
Ampliando a página de tanto errar

From the necessities of chance survived,
We cannot long mistake ourselves,
Being quit now of those gestures
Which made the world a tale elastic,
Of no held resemblance to our purpose.
For we have meant, and mean, but one
Consensus of experience,
Notwithstanding the difference in our names
And that we have seemed to be born
Each to a changing plot and loss
Of feeling (thought our earth it is)
At home in such a timeward place.
We cannot now but match our words
With a united nod of recognition —
We had not, hitherto, heard ourselves speak
For the garrulous vigour and furore
Of the too lively loves as they clattered
Like too many letters from our hasty lips.

It is difficult to remember
That we are doing nothing,
Are to do nothing, wish to do nothing.
From a spurious cloud of disappointment
We must extract the sincere drop of relief
Corresponding to the tear in our thoughts
That we have no reason to shed.
We are happy.
These engagements of the mind,
Unproductive of the impulse to kiss,
Ring the heart like love essential,
Safe from theatric curiosity
Which once directed our desires
To an end of gaudy shame and flourish,
So that we played these doleful parts
Abandoned between fright and pomp.

Das necessidades sobrevividas do acaso,
Não podemos nos enganar por muito tempo,
Agora livres daqueles gestos
Que fizeram do mundo um conto elástico,
De semelhança nenhuma com nosso propósito.
Pois nós quisemos dizer, e dizemos, só um
Consenso de experiência,
Apesar da diferença em nossos nomes
E de parecer termos nascido
Cada um com um enredo cambiante e perda
De sentimento (embora nossa terra seja isso)
Em casa em tamanho lugar temporal.
Agora só nos resta casar nossas palavras
Com um sim coletivo de reconhecimento —
Não tínhamos, até agora, ouvido a nós mesmos falar
Por causa do vigor e furor tagarelas
Dos amores animados demais enquanto algazarram ao caírem,
Dos nossos lábios impensados como letras excessivas.

É difícil lembrar
Que estamos fazendo nada,
A fim de nada, desejando fazer nada.
De uma nuvem espúria de desapontamento
Devemos extrair a gota sincera de alívio
Que corresponda à lágrima em nossos pensamentos
Sem motivo para escorrê-la.
Somos felizes.
Estes engajamentos da mente,
Improdutivos do impulso do beijo,
Tocam o coração como o amor essencial,
Livre da curiosidade teatral
Que um dia dirigiu nossos desejos
Até um fim de vergonha e floreio berrantes,
De modo que atuávamos estes papéis sombrios
Abandonados entre susto e pompa.

There is now little to see
And yet little to hide.
The writing of 'I love you'
Contains the love if not entirely
At least with lovingness enough
To make the rest a shadow round us
Immaculately of shade
Not love's hallucinations substanced.
It is truer to the heart, we know now,
To say out than to secrete the bold alarm,
Flushed with timidity's surprises,
That looms between the courage to love
And the habit of groping for results.

The results came first, our language
Bears the scars of them: we cannot
Speak of love but the lines lisp
With the too memorable accent,
Endearing what, instead of love, we love-did.
First come the omens, then the thing we mean.
We did not mean the gasp or hotness;
This is no cooling, stifling back
The bannered cry love waved before us once.
That was a doubt, and a persuasion —
By the means of believing, with doubt's art,
What we were, in our stubborness, least sure of.
There is less to tell of later
But more to say.
There are, in truth, no words left for the kiss.
We have ourselves to talk of;
And the passing characters we were —
Nervous of time on the excitable stage —
Surrender to their lasting authors
That we may study, still alive,
What love or utterance shall preserve us
From that other literature

Agora há pouco para se ver
E menos ainda a se esconder.
O ato de escrever 'Eu amo você'
Contém o amor, senão completamente,
Pelo menos com ternura o bastante
Para fazer do resto uma sombra ao nosso redor
Imaculada penumbra
Não substanciada pelas alucinações do amor.
É mais verdadeiro ao coração falar, agora sabemos,
Do que segredar o alarme atrevido,
Corado com as surpresas da timidez,
Que se avulta entre a coragem de amar
E o costume de tatear por resultados.

Os resultados vieram primeiro, nossa linguagem
Traz suas cicatrizes: não podemos
Falar do amor se versos ceceiam
Com acentos memoráveis demais,
Cativando o que nós, em vez de amor, amorfizemos.
Primeiro vem o presságio, depois o que queremos dizer.
Não quisemos dizer o arfar ou a quentura;
Isto não é nenhum esfriar, abafando
O grito bandeirado que um dia o amor acenou diante de nós.
Aquilo foi uma dúvida, e uma persuasão —
Por meio do crer, com a arte da dúvida,
Daquilo que, em nossa teimosia, tínhamos menos certeza.
Há menos a dizer sobre o depois
Mas mais a se dizer.
Não sobrou, verdade, palavra alguma para o beijo.
Podemos falar sobre nós mesmos;
E os personagens fugazes que fomos —
Nervosos com o tempo no palco excitável —
Se rendem a seus autores duradouros
De modo que é possível estudar, ainda vivos,
Qual amor ou elocução pode nos preservar
Daquela outra literatura

We fast exerted to perpetuate
The mortal chatter of appearance.

Think not that I am stern
To banish now the kiss, ancient,
Or how our hands or cheeks may brush
When our thoughts have a love and a stir
Short of writable and a grace
Of not altogether verbal promptness.
To be loving is to lift the pen
And use it both, and the advance
From dumb resolve to the delight
Of finding ourselves not merely fluent
But ligatured in the embracing words
Is by the metaphor of love,
And still a cause of kiss among us,
Though kiss we do not — or so knowingly,
The taste is lost in the taste of thought.

Let us not think, in being so protested
To the later language and condition,
That we have ceased to love.
We have ceased only to become — and are.
Few the perplexities, the intervals
Allowed us of shy hazard:
We could not if we would be rash again,
Take the dim loitering way
And stumble on till reason like a horse
Stood champing fear at the long backward turn,
And we the sorry rider, new to the mount,
Old to the fugitive manner.
But dalliance still rules our hearts
In the name of conscience. We raise our eyes
From the immediate manuscript
To find a startled present blinking the past
With sight disfigured and a brow reproachful,

Que rapidamente exercemos para perpetuar
O palavrório mortal da aparência.

Não pense que sou severa
Por banir o beijo, antigo,
Ou como nossas mãos e faces pudessem se roçar
Quando nossos pensamentos sentem um amor e um alvoroço
Menos que escrevível e uma graça
De prontidão não totalmente verbal.
Estar amando é erguer a pena
E usá-la também, e o avanço
Da decisão calada para o deleite
De nos encontrar não meramente fluentes
Mas na ligadura das palavras que se abraçam
É por meio da metáfora do amor,
E ainda motivo de um beijo entre nós,
Embora a gente não se beije — ou com tanta intenção,
Que o gosto se perde no gosto do pensamento.

Não pensemos, por ser tão protestado
À linguagem última e condição,
Que não amamos mais.
Nós só deixamos de vir a ser — e somos.
Poucas as perplexidades e os intervalos
De um tímido acaso que nos são permitidos:
Mesmo que quiséssemos ser afoitos de novo, não poderíamos,
Nem tomar a trilha indistinta e demorada
E tropeçar até a razão como um cavalo
Rumina medo diante da longa virada de volta,
E nós o cavaleiro triste, inexperiente em montaria,
Treinado à maneira fugitiva.
Mas um flerte ainda governa nossos corações
Em nome da consciência. Erguemos os olhos
Do manuscrito diante de nós
Para encontrar um presente assustado piscando ao passado
Com a visão desfigurada e um semblante reprovador,

Pointing the look of time toward memory
As if we had erased the relics
In order to have something to write on.
And we leave off, for the length of conscience,
Discerning in the petulant mist
The wronged face of someone we know,
Hungry to be saved from rancour of us.
And we love: we separate the features
From the fading and compose of them
A likeness to the one that did not wait
And should have waited, learned to wait.
We raise our eyes to greet ourselves
With a conviction that none is absent
Or none should be, from the domestic script of words
That reads out welcome to all who we are.

And then to words again
After — was it — a kiss or exclamation
Between face and face too sudden to record.
Our love being now a span of mind
Whose bridge not the droll body is
Striding the waters of desunion
With sulky grin and groaning valour,
We can make love miraculous
As joining thought with thought and a next,
Which is done not by crossing over
But by knowing the words for what we mean.
We forbear to move, it seeming to us now
More like ourselves to keep the written watch
And let the reach of love surround us
With the warm accusation of being poets.

Apontando ao olhar do tempo em direção à memória
Como se tivéssemos apagado as relíquias
De modo a ter algo sobre o qual escrever.
E paramos, pela duração da consciência,
Discernindo na névoa petulante
A face maltratada de alguém que conhecemos,
Faminta pra ser salva de nosso rancor.
E amamos: separamos os traços
Do desvanecimento e compomos com eles
Uma semelhança com aquele que não esperou,
E deveria ter esperado, aprendido a esperar.
Erguemos os olhos para saudar a nós mesmos
Convictos de que nenhum de nós está ausente
Ou deveria estar, da escritura doméstica de palavras
Que se lêem bem-vindas a tudo o que somos.

E então de novo às palavras
Depois — era? — um beijo ou exclamação
Entre face e face, súbito demais para ser registrado.
Sendo nosso amor agora um vão de mente
Em cuja ponte e não no corpo singular
Cavalga as águas da desunião
Com sorriso rabugento e valor gemente,
Podemos fazer do amor um milagre
Como a ligação de idéia e idéia e outra idéia,
O que é feito não quando as atravessamos
Mas quando sabemos que as palavras são o que queremos dizer.
Nos abstemos de nos mexer, parecendo-nos agora
Mais como nós mesmos para manter a vigilância escrita
E deixar que o alcance do amor nos cerque
Com a carinhosa acusação de sermos poetas.

NOTHING SO FAR

*Nothing so far but moonlight
Where the mind is;
Nothing in that place, this hold,
To hold;
Only their faceless shadows to announce
Perhaps they come —
Nor even do they know
Whereto they cast them.*

*Yet here, all that remains
When each has been the universe:
No universe, but each, or nothing.
Here is the future swell curved round
To all that was.*

*What were we, then,
Before the being of ourselves began?
Nothing so far but strangeness
Where the moments of the mind return.
Nearly, the place was lost
In that we went to stranger places.*

*Nothing so far but nearly
The long familiar pang
Of never having gone;
And words below a whisper which
If tended as the graves of live men should be
May bring their names and faces home.*

NADA ATÉ AQUI

Até aqui só o luar,
Onde a mente está;
Nada naquele lugar, neste domínio,
A nos dominar;
Só suas sombras sem faces para anunciar
Que talvez elas venham —
Nem eles mesmos sabem
Para onde as projetam.

Ainda aqui, tudo o que fica
Quando cada um tem sido o universo:
Universo algum, mas cada um, ou nada.
Eis o aumento futuro que se recurva
Para tudo o que foi.

O que fomos, então,
Antes de começar o ser de nós mesmos?
Até aqui só estranheza,
Aonde os momentos da mente regressam.
Por pouco perdemos nosso lugar
Ao partir para lugares mais estranhos.

Até aqui quase
A antiga agonia íntima
De nunca ter partido;
E palavras mais baixas que um sussurro que,
Se vigiadas — covas de homens vivos —
Pudessem trazer seus nomes e rostos para casa.

*It makes a loving promise to itself,
Womanly, that there
More presences are promised
Than by the difficult light appear.
Nothing appears but moonlight's morning —
By which to count were as to strew
The look of day with last night's rid of moths.*

Faz uma promessa carinhosa a si mesma,
Mulher de verdade, que ali
Mais presenças se prometem
Do que parece à luz difícil.
Nada aparece a não ser a manhã do luar —
Como se contar sob sua luz fosse espalhar
O aspecto da noite passada livre das traças.

COMO NASCE UM POEMA

HOW A POEM COMES TO BE
(1980)

HOW A POEM COMES TO BE

for James F. Mathias

Necessity haunts us as an accusation of impotence:
Can you or can you not speak up,
Prove yourself present?
What do you have to find to say,
To deliver the knowledge that you are
To the mercies of the believing and not-believing
Of our kind in one another,
You may gather as you approached them,
And leave the issue of acceptance
Suspended between your offering
And its fate with them in time.
(This is named 'prose'!)
Or you may call for listeners,
And not wait upon them —
Making what you find to say
Self-witnessing, be listeners absent.
(Thus does the poem constructs itself:
As for delivery within narrow throw.
If there is no attendance, it yet speaks.)

Reality in a poem is inextensible.
It embraces the will to speak up,
But, if it presumes to include
Visiting will to hear the said,
It feigns Presence to it besides its own.

COMO NASCE UM POEMA

Para James F. Mathias

A necessidade nos acossa como acusação de impotência:
Você pode ou não falar mais alto,
Provar que está presente?
O que você precisa encontrar para dizer,
Para passar o saber que você existe
À revelia dos crentes ou descrentes
Da nossa espécie em cada um,
Você pode chegar junto ao chegar perto deles
E deixar o assunto de aceitação
Suspenso entre sua oferta
E seu destino com eles no tempo.
(Isto se chama "prosa"!)
Ou você pode convidar ouvintes,
Sem esperar por eles —
Fazendo do que você acha para dizer
Um testemunho de si, se ausente de ouvintes.
(Assim o poema se constrói:
Para ser entregue numa distância curta.
Mesmo sem platéia, fala.)

A realidade num poema é inextensível.
Abrange a vontade de falar mais alto,
Mas, se presume incluir
A vontade visitante de ouvir o que é dito,
Finge ser uma Presença além da sua mesma.

What else can be done?
Do we not speak to one another?
Put words into the air and on paper
That travel between us as real,
Under the protection of time,
Not all lost between one and another,
These, those, and their others,
Or lost all at once?

Were this not a poem
I would speak on speaking,
Write on speaking (and writing),
That saved itself for the other, others,
Constructed itself for one and all,
Or none, contained its travel-force within it,
Needed no grace of time to rescue it
From total loss.

Or I would so speak, so write,
Endeavour to construct, I mean,
Something binding our understandings
In a reality of words, selves, others,
More utterable, enterable, occupiable, open.

O que mais pode ser feito?
Não falamos mais um com o outro?
Pomos palavras no ar e no papel
Que viajam entre nós como se o real,
Sob a proteção do tempo,
Com nem tudo perdido entre uma e outra,
Estas, aquelas e suas outras,
Ou perdidas de uma vez?

Não fosse isto um poema
Eu falaria sobre o falar,
Escreveria sobre o falar (e sobre o escrever),
Que se guardaria para o outro, outros,
Se construiria para todo mundo,
Ou para ninguém, contendo em si sua força viajante,
Sem precisar de uma graça de tempo para resgatá-lo
De uma perda total.

Ou eu falaria, escreveria, assim,
Esforçando-me para construir, quero dizer,
Algo ligando nossos entendimentos
Numa realidade de palavras, de eus, de outros,
Mais dizível, mais penetrável, habitável, aberta.

FOTOGRAFIAS

Laura Riding, poucos meses depois de sua chegada a Londres, 1925.
© Div. Of Rare & Manuscript Collections – Cornell University Library.

Laura Riding, Londres, 1926.
© Div. Of Rare & Manuscript Collections – Cornell University Library.

A poeta em pintura feita em Majorca por John Aldridge, anos 30.
© Div. Of Rare & Manuscript Collections – Cornell University Library.

Laura Riding em foto de Ward Hutchinson, Majorca, Espanha, anos 30.
© Div. Of Rare & Manuscript Collections – Cornell University Library.

Laura (Riding) Jackson, pintura de Arnold Mason, por volta de 1935.

LAURA RIDING:

UM FÓRUM

LAURA (RIDING) JACKSON
E O ABSOLUTO POÉTICO

*Lisa Samuels**

Laura Riding é uma poeta do desejo e da ferocidade. Ela desejava ser seu eu mais absoluto e estar com outros que ela percebia como absolutos. Ela era feroz porque os compromissos que envolviam a identidade social e a referência lingüística — e a profissionalização modernista do "literário" — tornavam impossível aquela condição de absoluto poético, de elocução verdadeira e egoísmo imperturbável.

A sintaxe vacilante de Riding, seu cerebralismo extremo, suas freqüentes imagens representacionalmente impenetráveis, torcem o artifício a ponto da poesia se tornar a linguagem "irreal" capaz de se medir com o que ela chamou, em sua obra em prosa *Anarchism is not enough* (1928), de "irreal-individual." Na condição irreal-individual, condição esta que recusa compromisso social e promove a seriedade humana, a pessoa-poeta pode se realizar em e por meio de atos imaginativos, a forma mais elevada de conhecimento.

Mas (Riding) Jackson não deseja só viver majestosamente nas verdades da imaginação de verdades lingüísticas. Quer outros juntos com ela, e pede em "Poeta: Palavra Mentirosa" a abolição do falso senso de um autor isolado a controlar o escopo e o sentido de cada peça de linguagem criada. Quanto mais duro "ler" alguma

---

*) LISA SAMUELS, poeta e crítica norte-americana, é professora da University of Wisconsin-Milwaukee. Autora de *The modernist afterlife: Wallace Stevens e Laura Riding*, organizou a reedição de *Anarchism is not enough*.

coisa, seus poemas insistem, mais o leitor precisa participar na feitura daquela peça. Nessa participação, podemos tentar escalar e derrubar uma versão poética da idéia de "quarta parede", de Bertolt Brecht, uma parede que separa o autor do leitor, o eu social do eu imaginativo, controle/passividade da cooperação/ atividade.

Esse absoluto poético não implica, na poesia de Riding, uma suposta perfeição de um espaço textual fechado. Para que o leitor faça, com o autor, o poema acontecer, nas palavras e por meio delas, devem existir lacunas legíveis. Alguns leitores poderiam chamar essas lacunas de momentos anti-líricos, abstrações ou obscuridades excessivas. Penso nessas falhas como "correlativos subjetivos", fissuras no possível que rompem a sintaxe representacional e formam pontos de apoio ideacionais para o leitor subir. Nas palavras de Riding, "perfeição é o que é inacreditável" e a poesia tem que carregar "um dever inatural de ser infalível e perfeita" (*Contemporaries and snobs*, 144) devido a um crescente profissionalismo literário.

Em minha introdução para a reedição de *Anarchism is not enough*, uso o termo "correlativos subjetivos" para distinguir as falhas/lacunas inabitáveis de Riding, em relação aos bem-conhecidos "correlativos objetivos" de T.S. Eliot, que são imagens e construtos que funcionam como nós tradutórios, de modo que o leitor experimente o que o escritor experimentou (ou estruturou para ser experimentado) no texto literário. Na prosa de Riding, e decretado em sua poesia, vemos uma recusa da noção de que o leitor deve fazer o passeio do escritor: tanto a subjetividade "escrevível" quanto a "legível" são condições da interação da linguagem humana. A partir do fim dos anos 20, com a dificuldade crescente da poesia de Riding, os correlativos subjetivos se intensificam. Podemos ver essa intensificação em *Mindscapes: poemas de Laura Riding* no salto de poemas anteriores como "Orgulho da cabeça", "Sim e não" e "Tarde" — mais líricos e inteligíveis — para peças tardias e inescrutáveis como "Poeta:

palavra mentirosa" e a ternura cauterizante daquilo que não-podemos-entender-muito-bem de "Quando o amor vira palavras".

Embora parte de sua obra posterior — notavelmente *The telling* (1972) e *Some categories of broad reference* (1983) — busque um tipo de abraço em tempo real com outros seres humanos, creio que Riding amava a palavra textual. Como Robert Duncan (poeta norte-americano inspirado por seu trabalho), Riding escreve um mundo poético habitado por corpos textuais de linguagem, os tipos de corpos que talvez possam aspirar à absolutidade que é impossível no mundo humano biológico e social. Mas, de novo, absolutidade não significa perfeição. Ela escreveu no segundo número de *Epilogue*, um periódico multigenérico que editou com Robert Graves nos anos 30, que "livros são feitos por pessoas; mas a literatura é feita por pessoas apenas enquanto literatura — já que ela existe no mundo das palavras, mais que no mundo das pessoas". Uma característica de sua relação problemática com a "literatura" é que Riding nunca esquece a humanidade — imperfeita e biológica, inclinada ao amor, confusa — dos "livros" e das "pessoas". Na visão de Riding, o conceito modernista de "literatura" tendia demasiadamente para a estruturação do que Cleanth Brooks chamou, mais tarde, de "urnas bem-acabadas", separadas de seus artífices humanos e do erro.

Em seus correlativos subjetivos, sua resistência em ser canonizada "literariamente", sua textualidade diamantina, seu estilo geralmente não-alusivo e não-representacional e seu impulso em direção a um absoluto poético individualista, Riding compartilha uma linhagem modernista marcadamente diferente dos modernismos mais conhecidos de escritores como T.S. Eliot, Robert Frost, William Butler Yeats, e mesmo Marianne Moore. Em vez disso, o modernismo de Riding opera no contexto de intelectos sensórios intensos como Gertrude Stein e Mina Loy, e observadores do mundo fragmentado como Louis Zukofsky and George Oppen.

Os poemas de Riding, como indicado em *Mindscapes*, também operam no contexto do presente. Poetas contemporâneos encontraram em sua obra exemplos e permissões para uma paixão intelectual, para uma fragmentação que conhece o mundo, até mesmo como exemplo do poeta como um visionário. Riding escreve num mundo que não pode existir e que precisa ser constantemente forçado a existir, onde a linguagem da mente é apresentada através de um tipo de mímese existencial que não combina com representações Newtonianas de um mundo medido pelo horário de Greenwich. O prolífico poeta norte-americano John Ashbery credita Riding como sendo um dos três poetas que formaram sua linguagem poética, e há uma longa lista de escritores contemporâneos que compartilham dos compromissos de Riding ou a citam como influentes para eles: Harry Mathews, Kathy Acker, Charles Bernstein, Carla Harryman, Barrett Watten, e Anne Waldman são alguns.

Os poemas de Riding entregam um eu que não é um, um eu que se torna palavras, testando a rede verbal que acabou de criar e encontrando nela um mundo inteiramente construído que, ao mesmo tempo, nunca é o suficiente. Essa insuficiência é a condição do desejo poético e sua troca. Com certeza, muitos dos poemas selecionados neste volume têm começos e fins provisórios, permitindo interligá-los para frente e para trás, sendo uma teia poética que cresce e cresce e se devora, e cresce mais.

LAURA (RIDING) JACKSON: UM BREVE ESBOÇO BIOGRÁFICO

*Elizabeth Friedmann**

No auge de sua carreira poética, Laura Riding renunciou à poesia em favor de "algo melhor em nosso modo de vida lingüístico". Ela reconheceu existir uma discordância entre a "crença" e o "artesanato" da poesia: a poesia, que ela via como sendo um esforço em direção à verdade, estava eternamente fadada ao fracasso por suas limitações, falsamente condicionada pelo "postulado arbitrário de que há um inexpressável". Embora Riding continuasse a reconhecer a poesia "como um ponto de acesso para o completo entendimento da natureza da linguagem", passou a acreditar que "para o estilo da verdade se tornar uma coisa do presente, a poesia deve se tornar uma coisa do passado".

Ela nasceu Laura Reichenthal a 16 de janeiro de 1901, em Nova York. Seu pai imigrou da Áustria-Hungria quando jovem; sua mãe nasceu nos EUA, de descendência alemã e holandesa. A família era nominal mas não religiosamente judia. Nathaniel Reichenthal era membro ativo do Partido Socialista Americano. Tinha aspirações de que sua filha, quando crescesse, se tornasse a Rosa Luxemburgo norte-americana. Em 1918, Laura ingressou na Universidade de Cornell e começou a escrever poemas. Lá, encontrou Louis Gottschalk, um estudante de história com quem se casou em 1920. No ano seguinte ela abandonou a busca de um grau acadêmico para se dedicar mais intensamente à poesia.

---

*) ELIZABETH FRIEDMANN é autora da biografia *When love become words: The life of Laura (Riding) Jackson*, publicada em 2001.

Embora o grupo dos Fugitivos em Nashville, no Tennessee — liderado por John Crowe Ransom, Allen Tate e Donald Davidson — reivindicar tê-la "descoberto", em 1924 seus poemas estavam aparecendo não só na revista *The Fugitive*, bem como em outros periódicos literários de respeito. Achando seu nome de casada (Laura Reichenthal Gottschalk) imanejável para uma poeta, a autora encurtou "Reichenthal" para Riding e publicou como Laura Riding Gottschalk. Com o fim de seu casamento com Louis Gottschalk, passou a publicar simplesmente como Laura Riding.

Recém-divorciada, a poeta passou o outono de 1925 em Nova York, onde desenvolveu amizade com Hart Crane, um jovem poeta com o qual sentia grande afinidade. Nessa época, ao ser convidada pelo poeta inglês Robert Graves e sua esposa, a artista Nancy Nicholson, para se juntar a eles na Inglaterra antes de viajar ao Egito (onde Graves havia conseguido um emprego de professor), ela aceitou prontamente. Graves havia também publicado em *The Fugitive* e era amigo de John Crowe Ransom, que havia enviado a Graves um grupo de poemas de Riding na esperança de que ele conseguisse um editor para eles na Inglaterra. Seguiu-se uma correspondência entre Graves e Riding, e Graves convidou-a para colaborar com ele num livro sobre poesia moderna.

Laura Riding partiu para a Inglaterra de navio no fim de 1925, chegando no dia 3 de janeiro de 1926. Após sua chegada, a parceria entre Graves e Nicholson se ampliou para incluir Riding. Laura e Robert trabalharam em seus projetos individuais e em seu estudo colaborativo sobre poesia moderna. Nancy continuava desenhando, enquanto costurava roupas para ela e Laura, e os três dividiam a responsabilidade pelos quatro filhos de Robert e Nancy. Graves em breve achou o trabalho no Egito insatisfatório. Quatro meses depois ele pediu demissão e todos voltaram para a Inglaterra.

A "vida-a-três" anticonvencional ficou intacta até a intrusão, em janeiro de 1929, de um poeta irlandês chamado Geoffrey Phibbs, que implorou para que Riding deixasse Graves e Nicholson e vivesse apenas com ele. Embora Riding fosse fortemente atraída por Phibbs, ela se recusou, por lealdade a Graves e Nicholson. O impasse emocional que se desenvolveu subseqüentemente entre os quatro foi dramaticamente interrompido pelo salto de Laura de uma janela. Embora tenha sobrevivido à queda, ela se recuperou extraordinariamente de seus sérios ferimentos (a conseqüência destes limitaria sua atividade física para o resto de sua vida).

No fim de 1929, Graves e Riding deixaram a Inglaterra (Nancy e Geoffrey já haviam formado uma parceria), para visitar Gertrude Stein e Alice Toklas em sua casa de campo na França. Stein aconselhou os dois a se estabelecerem na França, mas eles optaram por Majorca, onde o custo de vida era mais baixo, e onde poderiam desfrutar de solidão suficiente para escrever e publicar.

Os anos em que Laura Riding passou com Robert Graves, principalmente em Majorca, mas também na Inglaterra, Áustria, Suíça e França, foram produtivos para ambos. Eles publicaram livros de poesia, ficção e crítica — incluindo duas colaborações clássicas; estabeleceram e operaram a editora Seizin Press; além de terem fundado e editado o jornal *Epilogue: A critical summary*. Embora os livros de Graves — *Good-bye to all that* e *I, Claudius* em particular — vendessem bem mais que os livros de Riding, ela era respeitada como poeta brilhante e pensadora inovadora.

Forçados a abandonar seu lar, Majorca, por causa da Guerra Civil Espanhola, em 1936, Riding e Graves voltaram à Inglaterra. Ali, Riding embarcou num ambicioso projeto de correspondência internacional que resultou num livro chamado *The world and ourselves*. O livro incluía respostas para sua carta internacional, que pedia uma opinião pessoal sobre as causas do estado caótico da situação do mundo, e quais remédios poderiam ser oferecidos. Riding providenciava seus próprios comentários e resumo sobre essas respostas, e elaborava uma tese:

> Para aliviar essa infelicidade mundial — para termos um mundo digno de nossas mentes — precisamos ser dignos de nossas mentes, nós devemos ser a solução. A paz não vem antes e sim depois da ordem. A ordem é atingida não quando se toma uma atitude mas quando se toma

um pensamento. Existe um mundo feliz lá fora quando há mentes trabalhando aqui dentro.

De modo a desenvolver uma aplicação prática dos princípios gerados pelo livro, Riding convidou 26 indivíduos interessados em se encontrar com ela para discutir quais passos poderiam ser tomados, e juntos esboçaram um "protocolo moral" que incluía um elenco de 19 artigos e dez "prescrições" que seriam distribuídas para endossantes prospectivos. No final de 1939 "The covenant of literal morality" tinha cerca de 70 endossantes (de acordo com o diário de Graves) nos EUA e Inglaterra — com escritores, jornalistas, educadores e funcionários públicos, entre outros.

A publicação de *The world and ourselves* estabeleceu Laura Riding como uma escritora cujo tema era a condição humana geral. Enquanto isso, ficava cada vez mais evidente para ela que a própria linguagem possuía a chave para os problemas entre indivíduos e nações. Vendo as palavras como o coração do "aparato de sentido" da linguagem, há vários anos ela vinha formulando um plano para um novo tipo de dicionário de inglês que definiria as palavras em conjunções de sentido-relação, com a intenção de mostrar que não existem sinônimos, que nenhuma palavra é exatamente igual a outra em seu sentido. Como era característico, ela pediu a ajuda de outros nesse projeto, incluindo Graves, Alan e Beryl Hodge, James e David Reeves, e, nos EUA, Tom Matthews. O trabalho detalhado no dicionário começou durante o verão de 1938, na França, onde Graves e Riding dividiam uma mansão do século 18 com Alan e Beryl Hodge; na primavera de 1939 eles decidiram continuar seu trabalho nos EUA.

Em Nova York, foram recebidos por Tom Matthews e seu amigo Schuyler Jackson, com quem Riding havia se correspondido em Majorca, e que recentemente havia publicado uma resenha elogiosa de seu *Collected poems* na revista *Time*. Riding e Graves se mudaram para uma casa da família Jackson perto de New Hope, Pennsylvania, pouco tempo de carro da casa de Matthews, em Princeton. O trabalho do dicionário progrediu lentamente, em parte devido aos eventos catastróficos na família Jackson. Katharine Jackson, esposa de Schuyler, e cuja estabilidade emocional estava em questão há vários anos, foi hospitalizada em virtude de uma desordem psicológica. Durante a doença de Katharine, Laura ajudou Schuyler a cuidar de suas quatro crianças, e encontrou nele um homem tão sério sobre o estudo da linguagem quanto ela. A compatibilidade intelectual desenvolveu em amor, e depois do divórcio de Jackson eles se casaram, em 20 de junho de 1941.

Durante as duas décadas sem publicar que sucederam seu casamento com Schuyler Jackson e sua mudança para Wabasso, na Flórida, uma pequena comunidade perto do rio Indian, Laura Riding foi quase esquecida pelo mundo literário. A ponto de, na metade dos anos 60, seu colega e ex-*Fugitive* Allen Tate comentar com um entrevistador que a última coisa que havia ouvido sobre Laura era que ela estava "em algum lugar lá embaixo na Flórida cultivando laranjas".

De fato, os Jacksons se estabeleceram no negócio de laranjas, trabalho que sustentou-os por vários anos, embora sempre considerassem o dicionário como sendo o trabalho principal. Inicialmente, planejaram um livro de 30.000 palavras, escrupulosamente definidas, como uma fundação sobre a qual uma cobertura lexicográfica completa da língua inglesa pudesse ser construída eventualmente. Enquanto elaboravam as definições, começaram a perceber uma necessidade maior de se examinar "a realidade geral da linguagem, a definição de princípios lingüísticos, a formulação de valores lingüísticos e a exploração da natureza do próprio sentido". Assim, o projeto do dicionário levou ao trabalho que se tornaria *Rational meaning: A new foundation for the definition Of Words*. A obra estava dois terços terminada quando Schuyler Jackson morreu de ataque cardíaco, em 4 de julho de 1968.

Em 1941 ela havia se tornado a Sra. Schuyler B. Jackson, ou "Laura Jackson", mas finalmente escolheu "Laura (Riding) Jackson" como nome autoral, para reconhecer sua identidade anterior como

"Laura Riding," o nome pelo qual se tornou mais conhecida como escritora. Sua produção literária durante a septuagésima, octagésima e nonagésima décadas de sua vida foi prodigiosa. Embora seus ensaios e cartas tenham aparecido em inúmeros jornais tanto nos EUA quanto na Inglaterra, parte de sua obra continuou inédita em vida. Voltando ao tema da poesia (como ela sempre fazia) num ensaio tardio, "Corpo & mente e o limite linguístico", ela explicou:

> Ao descobrir que a poesia havia fracassado, nunca deixei de abençoar o fato histórico da poesia, abençoar a urgência na apreensão humana do possível que produziu a singularidade lingüística da fala na qual o falado dizia de um falar que intencionávamos falar, nós sendo o que nossas mentes intencionam ser. Mas a poesia podia apenas providenciar ocasiões especiais para exibir uma apreciação da idéia do bem lingüístico.

Historicamente, Riding acreditava, a poesia havia sido um jeito dos seres humanos "compensarem seu fracassos de conformar seus hábitos da fala à soma e essência das necessidades da fala como necessidades delas mesmas como seres mentais". Ela praticou esta nova maneira de falar em seu "evangelho pessoal" *The telling* (1972), que abre com as seguintes palavras: "Há algo a ser relatado sobre nós e todos nós esperamos pelo relato".

Laura (Riding) Jackson celebrou seu aniversário de 90 anos em 16 de janeiro de 1991. Na semana seguinte, soube que havia ganhado o Prêmio Bollingen em poesia, da Universidade de Yale. Ela morreu naquele mesmo ano, no dia 2 de setembro.

UM SER SE PENSA

*Mark Jacobs**

Os poemas de Laura (Riding) Jackson confrontam o leitor com o problema do si-mesmo, si-mesma, e a necessária ambição, "o ato mais ambicioso da mente", necessário para a leitura de poesia: como pensar sobre o eu. A mente humana pensa sobre qualquer coisa e sobre tudo o que está "lá fora" (real), mas tão logo repousa sobre si mesma enfrenta um vácuo. É como se o pensamento não pudesse fazer sentido de si mesmo. Isto é o que Laura Riding quis dizer em "Abrir de olhos":

> Pensamento dando para pensamento
> Faz de alguém um olho.
> Um é a mente cega-de-si,
> O outro é pensamento ido
> Para ser visto de longe e não sabido.
> Assim se faz um universo brevemente.

A mente é "cega-de-si" e não consegue se ver. Projeta a si mesma para fora, dando nomes (como na história de Adão e Eva) a tudo o que vê (o "tamanho idiota" no poema); mas tudo o que vê são projeções de suas necessidades interiores, desejos, carências, compulsões:

> Vocabulários jorram das bocas
> Como por encanto.
> E assim falsos horizontes se ufanam em ser

---

*) MARK JACOBS é autor de *From Laura (Riding) Jackson: The primary vision* (inédito) e da introdução para a recente reedição de *Collected poems* (2001).

> Distância na cabeça
> Que a cabeça concebe lá fora.

O pensamento, sendo palavras, é uma mistura desigual da mente "cega-de-si", e sua compulsão urgente mas não externalizada para dar nomes, e todo o "vocabulário" que ele dá ao mundo exterior, mundo que só se torna aparente quando a mente tenta repousar sobre si mesma, para, por assim dizer, pensar o eu. Parece não haver nada no eu para se "pensar". A vida parece um sonho porque é vivida não na mente, mas no que está fora da mente, e uma pessoa não consegue interpretar a si mesma por meio do que está fora da mente.

Isto tudo é muito "difícil", para trazer uma palavra freqüentemente usada para descrever Laura Riding, mas não é. Se uma pessoa não fizer a mente repousar sobre si mesma, pensar a si mesma, a mente se encontrará pensando sobre tudo e nada a não ser a si mesma, se ocupará de si em todos os tipos de coisas, eventos, experiências, mas permanecerá desconhecida. "Abrir de olhos", novamente:

> Mas e quanto ao sigilo,
> Pensamento individido, pensando
> Um todo simples de ver?
> Essa mente morre sempre instantaneamente
> Ao prever em si, de repente demais,
> A visão evidente demais,
> Enquanto lábios sem boca se abrem
> Mudamente atônitos para ensaiar
> O verso simples e indizível.

A POESIA DE LAURA RIDING, E ALÉM

*John Nolan**

Assim como um poema de Laura Riding é um "descobrimento da verdade", um progresso mental rumo a um instante de revelação, e assim como *Collected poems*, como um todo, é um progresso de poemas rumo à seção chamada "Poemas contínuos", rumo ao plano em que "a existência na poesia se torna mais real do que a existência no tempo — mais real porque melhor, melhor porque mais verdadeira", também sua obra de uma vida é um progresso rumo ao plano de pensamento e linguagem em que a existência é mais real, melhor, mais verdadeira. Vistos como um estágio nesse progresso, os poemas estão viajando sem terem ainda chegado; ou chegando sem terem ainda descoberto o que há *lá*.

"Começo cada poema no plano mais elementar do entendimento", ela diz, "e procedo para o plano do descobrimento". De maneira inconfundível, muitos poemas trilham esse processo de descobrimento: eles pensam seu caminho rumo à visão, à revelação. Mas param ali — ou assim me parece. É uma característica dos poemas, bons como são, parar no momento em que o revelado é revelado, sem penetrar mais fundo em sua substância. Eles comunicam vividamente a *experiência* da revelação, mas pouco de seu *conteúdo*. Essa é uma visão que Laura (Riding) Jackson provavelmente teria, acredito. Poemas que ilustram isso incluem "Abrir de olhos", "O mapa dos lugares", "Muito funciona", "Benedictory", "Auspice of jewels", "Lucrece and Nara":

---

*) JOHN NOLAN é o editor de dois livros póstumos de Laura Riding: *The failure of poetry* e *Under the mind's watch*. Publicou vários artigos sobre a obra da poeta na Inglaterra e Estados Unidos.

eles abrem as portas para a verdade mas não a atravessam. Levaria um quarto de século para que ela parecesse atravessar o limiar, nos seus escritos dos anos 60, 70 e 80, especialmente *The telling*.

No outro lado da porta está sua descoberta de que o progresso rumo a uma existência mais real — que é o engenho de cada poema individual, e dos *Collected poems* como um todo, e de sua obra de uma vida inteira — que nos leva além da poesia e se passa numa escala universal: de que o universo *é* o processo pelo qual esse progresso deixa de ser secreto para si mesmo. O progresso é confirmado por criaturas capazes de sabê-lo e falá-lo claramente; eis a "consonância da identicalidade-da-mente do falar humano e os ritmos da verdade com a qual a realidade enquanto pensamento tudo reverbera, numa sempre instantânea comunhão-de-si" ("Body and mind and the linguistic ultimate", 10, inédito).

Os poemas são de uma variedade exaustiva de tentativas suas de romper o impasse espiritual em que ela considerou que a vida humana havia se atolado. Pleno sucesso chegaria mais tarde, em seus escritos posteriores, mas os poemas duram como um estágio indispensável em sua direção.

LAURA RIDING: COMENTÁRIO

Jerome Rothenberg e Pierre Joris*

> Eu tenho escrito o que acredito romper
> com o feitiço da poesia.
> Laura Riding, em *The telling*

Se poesia é um questionamento da poesia — como uma proposição moderna/pós-moderna colocaria, Riding pode muito bem ser encarada como uma figura central em direção a esse fim. Sua "renúncia à poesia" veio logo após a publicação de seus *Collected poems* (1938), quando Riding achou que a seriedade poética estava "irremediavelmente comprometida... por sujeitar suas integridades lingüísticas aos requisitos estéticos, como se não houvesse uma perda lingüística resultante disso". A ruptura, no caso dela, foi absoluta. Ou, como escreveu retrospectivamente (1971): "Quando... depois de pressionar as possibilidades lingüísticas da expressão poética a limites cada vez maiores, compreendi que a poesia não tinha provisão em si para o máximo de resultado prático daquela certeza de palavra que é verdade... Eu parei". No entanto, a poesia, que havia sido o "centro" de todos os seus outros escritos (crítica, estórias, um romance etc), continuou sendo o ponto de contenção & partida. Seu trabalho posterior — mais notavelmente *The telling* (1973) — concentrava sua atenção sobre a linguagem,

---

*) Um dos principais antologistas do mundo, JEROME ROTHENBERG é autor de mais de sessenta livros de poesia e antologias. É poeta e professor da Universidade da Califórnia. PIERRE JORIS é poeta e tradutor (Maurice Blanchot, Paul Celan e Edmond Jabès). Juntos, organizaram os dois volumes da antologia *Poems for the millennium: The University of California book of modern and postmodern poetry* (Berkeley: The University of California Press, 1995).

"suas provisões intrínsecas", & sobre aquilo que poderia ser alcançado "na 'veracidade da palavra', além do potencial-de-verdade qualificado da poesia, ou de qualquer outro estilo verbal". Uma escritora independente de & sobre poesia até 1938, ela era tanto experimental em sua poesia quanto influiu (em sua poética crítica & anti-modernista) em direções como a da "nova crítica" dos anos 40, com seu efeito repressivo sobre o modernismo radical que o precedeu.

A renúncia de Riding à poesia rima, curiosamente, com o bem conhecido abandono da pintura por parte de Duchamp — com a ressalva de que ambos entendiam *como renúncias* apenas no contexto definido por noções essencialistas de poesia & arte. Tais movimentos — ser um poeta *apesar da poesia* — estão relacionados a outras abordagens conceptuais do fazer artístico, ou a decisão de um poeta como David Antin, digamos, de transformar "conversa" e "discurso" numa forma de poesia separada do "poético". Enquanto Riding não deixou espaço para seu trabalho posterior ser classificado como poesia, sua defesa de seus escritos anteriores continuou igualmente forte.

PERGUNTAS E RESPOSTAS

Alan Clark*

Num de seus primeiros poemas, "Melhor qualquer outro", Laura Riding pergunta: "Mas para o sentido familiar que necessidade / De meu engenho mais singular ou eu?" O "engenho singular" tornou-se mais e mais reconhecível como uma virtude de dedicação no desenvolvimento de seu trabalho como um todo: crítica, histórias, escritos editoriais e colaborações, bem como poemas, e depois o recomeço pós-poético numa nova proximidade sua com as palavras em si-mesmas, como que "escondendo em seus sentidos uma eloqüência natural de verdade" (um comentário dela). Seus propósitos eram supra-individuais: ela se dedicou a localizar o que ainda não foi encontrado no pensamento, dizendo o ainda não dito "Para o bem de todos nós" (título de outro de seus primeiros poemas). Sua obra implica em reorientações necessárias de valores e posições: Riding tende a pôr à prova as mentes de seus leitores e críticos.

Lidar com a poesia de Laura Riding é também lidar com seu pensamento. Ela avisa: "O melhor pensamento é só fofoca / Se comercializada em linguagem simples e alugada / Para tanto entendimento por minuto..." ("O mundo falante"). Certos poemas serão lúcidos à primeira leitura. Outros, do tipo para o qual sua conhecida "dificuldade" é atribuída, farão alguém parar: não só "parar e pensar" mas parar e ler. Se esta necessidade é "dificuldade", está associada às virtudes dos poemas, e contribui para uma conseqüência feliz no frescor imediato que eles possuem

---

*) ALAN CLARK é bibliotecário e pertence ao conselho que gere a obra de Riding.

cada vez que retornamos a eles. A linguagem tem precisão, mas também agilidade de movimento-expressivo; é linguagem viva e em ação. Por existir um jeito certo de entrar nos poemas, e nenhum outro jeito, uma pessoa se sentirá confusa ou deslumbrada até que este jeito seja encontrado. Um poema de Riding é um processo; é preciso viajar com ele, e, se viaja, alguém "entende" porque o processo se desenvolve e define a si mesmo. Esta abordagem é esboçada como método de leitura em *A survey of modernist poetry* (1927, pp. 138-49), com referência ao poema "O vigoroso negro da raiva".

A qualidade acentuada de voz pessoal e presença que permeia os poemas de Riding pode induzir à idéia de que eles estejam cheios de referências privadas, enquanto seu governante e sempre presente sentido do contexto universal de todos os contextos particulares podem sugerir o rótulo de "abstrato". Essas duas tendências estão interligadas, funcionando como uma unidade e, portanto, demandam uma integração nas mentes dos leitores: nenhum poema de Riding é tão geral que não tenha um significado pessoal imediato, mas sua maior força será perdida se identificações privadas e realísticas forem buscadas. Quando ela escreve, por exemplo, sobre a "tragédia da simesmidade / E do auto-assombro", não é o caso (como ela afirma) de uma narrativa de tragédia pessoal e sim uma abordagem do conhecimento da necessidade humana de graduação do eu como um ser trágico. Assim, ao pulsar pelos *Collected poems*, sua sensibilidade de crise pessoal como um aspecto de um evento humano total de crise é sentido dentro de uma ênfase cada vez maior ao contexto universal: "O desafio solitário floresce fracasso / Mas o risco de tudo distrai / O naufrágio do destino em sorrisos iguais ("Doom in bloom").

Muito de seu pensamento possui uma qualidade de inexorabilidade: "O perdão da verdade — é ser verdadeira". Seu padrão poético era a perfeição: a integridade estipulada era "para sempre"; ela queria dizer sobrevivência real, mentes no lado da permanência, como em "Autobiografia do presente":

> Integridade consiste em quebrar e remendar.
> O corpo é um dia de ruína,
> A mente, momento de reparo.
> Um dia não é dia de mente
> Até que todo o viver seja desespero reparado.

A morte, em seu senso poético e geral da natureza das coisas, é, como ela colocou recentemente, "a realidade da necessidade de fim, para aquilo que tem um limite. Mas a conclusão de uma coisa limitada não é mera anulação predestinada: a marca do fim é a marca da integridade e, portanto, a morte tem aspectos de significância e caráter que soletram o perfeito e o verdadeiro, não mortalidade e perda". A perspectiva mental na qual ela vê a morte pode ser encontrada em descrição severa e com um astucioso toque de humor em "Muito funciona":

> Troque o multiplicado desnorteio
> Por uma única apresentação do fato pela beleza;
> E a revelação será instantânea.
> Morreremos depressa.

Seus controles do solene e dos grandes temas, o relato de sua realidade como algo que pertence intimamente à experiência humana, estão firmes por toda a parte. Mas não é só severidade de definição e visão temperados com ternura: as palavras culminantes freqüentemente possuem uma alegria profundamente terna, como no transcendente "A urna florescente", onde o afetuoso suplanta o impiedoso:

> Surgirá a mesma paz que governou
> Antes que a mentira de fecundidade
> Acordasse o sono virgem da Mãe Tudo:
> A mesma a não ser o jeito — florescer, brotar —
> Ela fala de frutos que não poderiam ser.

("Mãe tudo" se desdobra com limpeza característica. Riding usa tais figuras com séria intenção ontológica, e não para propósitos de retórica mitológica).

Há uma simplicidade essencial nesses poemas. Suas muitas perguntas são abordagens para respostas: "O que sabe em mim? / E só algo dentro de mim / Que não posso ver?" surge no começo, e "O que éramos, então / Antes de começar o nosso ser?", no fim, da progressão dos *Collected poems*, enquanto quase no centro do livro temos "Tantas perguntas quanto respostas" revelando a unidade implícita do processo. Esse espírito de simplicidade leva o problema do conhecimento dentro do alcance máximo da inteligência: ele informa não só os poemas de Laura Riding mas pronunciamentos como "experimentamos a realidade à medida em que somos tanto uma pergunta sobre a realidade quanto sua resposta" (*Epilogue* III, 1937, p. 128). Ela não tem medo de deixar sua inteligência insistir forte e simplesmente com uma recusa para aceitar uma resposta que não é uma resposta. Ela descreve a alternativa para esse modo mental num ataque apaixonado ("Páginas não lidas"):

> A maturidade ortodoxa demais
> Por tal heresia de permanecer criança —
> Nesta a praga empoeirada de livros desce,
> Infâncias sabidas e estranhas
> Cuja visão piscante gagueja o passado
> Feito um feto-futuro em letras imensas.

A simplicidade interna de sua oferta poética, a unidade de suas motivações e atitudes — que passam despercebidas quando os leitores não lêem profundamente, mas se satisfazem (ou se insatisfazem) com impressões superficiais de "dificuldade" ou "obscuridade" — podem fornecer uma chave para sua renúncia final à poesia. Podemos dizer que ela partiu de uma convicção inicial de que as respostas que devemos encontrar com nossas perguntas corretas podiam ser achadas na poesia por seu convite implícito para (sua demanda de) veracidade de palavra — nunca, para Riding, um ideal obscuro, sentimentalmente espiritualizado ou intelectualizado, mas um objetivo literal — um sentimento final de que a própria poesia limita sua realização na fissura infechável entre os reinos verbais de pergunta e resposta. Seu prefácio para *Collected poems*, de 1938, é uma poderosa e persuasiva defesa da poesia. Já o de *Selected poems*, de 1970, nos revela como ela havia "devotamente renunciado lealdade à poesia enquanto profissão, e fé nela enquanto instituição". Passar de um prefácio para o outro é sentir um mundo indefinido de poesia e prosa, linguagem ordinária e literária, contraindo em tensões que sugerem o trabalho de abrir aquele "outro atalho de linguagem" que foi o compromisso de Laura (Riding) Jackson a partir de 1940.

A RAZÃO DE RIDING

Charles Bernstein *

Nenhum outro poeta norte-americano ou europeu do século 20 criou uma obra que reflita mais profundamente sobre os conflitos inerentes entre o dizer verdadeiro e o inevitável artifício da poesia do que Laura (Riding) Jackson. Esse conflito a levou, em 1941, a renunciar à poesia; e é também a base do extraordinário sermão em prosa *The telling* e sua *summa contra poetica* posterior, *Rational meaning: A new foundation for the definition of words*, que escreveu com o marido, Schuyler Jackson, por um período de quarenta anos, começando por volta de 1948.

Depois da publicação, em 1938, de seus *Collected poems,* e de dois livros de não-poesia no ano seguinte, Riding nada publicou por trinta anos. Em 1970, *Selected poems: In five sets* foi publicado sob o nome de Laura (Riding) Jackson. No prefácio ela explicava sua renúncia à poesia, dizendo que o artesanato poético distorcia as propriedades naturais das palavras e que a sensualidade (no sentido estritamente filosófico do termo) das palavras bloqueava o que ela chamou, no poema "Venham embora, palavras", de o dizer insonoro da verdade que existe na linguagem mesma. Ela coloca desse modo em "O vento, o relógio, o nós":

> Podemos enfim fazer sentido, eu e vocês,
> Sobreviventes solitárias no papel,
> A ousadia do vento e o zelo do relógio

---

*) Um dos criadores da Language Poetry, o crítico e poeta CHARLES BERNSTEIN é autor dos livros de ensaios *Content's dream, a poetics* e *My way: Speeches and poems*, além de vinte livros de poesia. É professor da State University of New York, em Buffalo.

Viram uma linguagem muda,
E eu a história que nela se calou —
Algo mais a ser dito sobre mim?
Direi mais que a falsidade que se afoga
Possa repetir-me palavra por palavra,
Sem que o escrito se altere por um hálito
De querer dizer talvez outra coisa?[1]

A pausa de trinta anos nessa vida de escrita, pelo menos como se reflete num período sem publicar, remete ao intervalo entre *Discrete series* (1934) e *The materials* (1962), de George Oppen. Oppen, apenas sete anos mais jovem que Riding, talvez não tivesse ainda encontrado um jeito de reconciliar seu engajamento político de esquerda com sua prática poética. Mas ele retornou à poesia, e com uma epígrafe que poderia compartilhar com Riding: "Eles alimentaram seus corações com fantasias / E seus corações tornaram-se selvagens".[2] Riding, cuja política movia-se na direção oposta à de Oppen, nunca retornou à poesia, onde o sentido é sempre "outro" do que intencionado e, ao contrário, virou-se (o que os poetas fazem é virar[3]) na direção de um sentido "outro", não rumo à poesia mas a um dizer insonoro.[4] A longa lacuna poética desses dois "judeus não judeus" implicitamente reconhece

---

1) Em *Selected poems: In five sets* (Nova York, W.W. Norton, 1973), p. 66.
2) Em *The collected poems of George Oppen* (Nova York, New Directions, 1975), p. 16. As linhas retomam o poema de Yeats: "We had fed the heart on fantasies, / The heart's grown brutal from the fare", do poema "The stare's nest by my window," sexta parte do poema "Meditations in time of Civil War", incluído em *Selected poems and two plays of William Butler Years* (Nova York, Collier Books, 1962), p. 107. O primeiro poema de *The materials* começa com uma estrofe próxima a Riding: "The men talking / Near the room's center. They have said / More than they had intended" (p. 17). "Homens conversando / Perto do centro da sala Disseram mais / Do que pretendiam".
3) Bernstein faz um trocadilho com a curiosa etimologia da palavra *versus* (desde tempos antigos usado como sinônimo de poesia): *versus* quer dizer *virar*, *voltar* (em relação ao movimento de virar do arado, quando o agricultor chega ao fim do sulco). Uma metáfora para o processo e movimento da leitura de um poema: quando se chega no fim do sulco/linha, viramos para a seguinte.
4) (Riding) Jackson publicou um ou dois poemas depois de *Collected*. Ela discute a renúncia à poesia em *Rational meaning* (Charlottesville, University of Virginia Press, 1997), c. 2, n. 2, pp. 446-49.

a famosa questão posteriormente formulada por Theodor Adorno: é possível escrever poesia lírica depois — *ainda mais durante* — a exterminação sistemática dos judeus europeus? Que eu saiba, Laura (Riding) Jackson não aborda esse assunto explicitamente, mas o que ela diz sobre os anos 1938 e 1939 é significativo: "O sentido humano do humano aparecia assim colocado no limiar de uma questão inignorável sobre o humano".[5] Dentro desse contexto histórico, talvez o engajamento a uma clareza e honestidade, por parte de Oppen ("aquela veracidade / que incendeia a fala"[6]), expressável apenas por meio de uma dicção altamente delimitada, pode ser associada à preocupação recorrente de (Riding) Jackson em relação ao "uso correto" e ao "bom senso" e à freqüente censura ao que ela experimentava como violação lingüística. Pois a catástrofe inominável daqueles anos, com sua lógica-de-extermínio racionalizada mas irracional, engendrou uma crise de e pela expressão no qual o abuso da linguagem se torna inextricavelmente identificado com o abuso do humano.

A vitalidade da obra de (Riding) Jackson não está em sua durabilidade intelectual e em sua universalidade mas em sua

---

5) Em *Lives of wives*, p. 326. A renúncia à poesia de Riding depois de 1938 e a guinada ao "sentido racional" lembra, de muitas maneiras, a renúncia ao Comunismo e o retorno aos "valores essenciais" não incomum entre intelectuais naquele período: uma mudança de uma fé verdadeira para outra. Notável nesse aspecto é o tratado escrito em 1939 por Riding e pelo "ex-comunista" Harry Kempem, *The left heresy in literature and life*. Em termos de *Rational meaning*, repare que o "socialismo científico", como o positivismo lógico e o estruturalismo, possui o mesmo tipo de lógica extralingüística que é o enfoque crítico principal da obra. Dessa perspectiva, a crítica do estruturalismo feita por Félix Guattari e Gilles Deleuze em *Anti-oedipus: Capitalism and schizophrenia* faz uma estranha companhia a *Rational meaning*. Ver também *The covenant of literal morality: Protocol I* ([Deyá, Mallorca], The Seizin Press, 1938), de Riding, que é um documento crucial para se entender sua percepção da crise do fim dos anos 30.
Em seu ensaio de 1949, "Crítica cultural e sociedade", Adorno escreveu, "A crítica cultural se acha face a face com o estágio final da dialética da cultura e barbárie. Escrever poesia depois de Auschwitz é bárbarie. E isto corrói até mesmo o conhecimento do porque se tornou impossível escrever poesia hoje. A reificação absoluta, que pressupunha o progresso intelectual como um de seus elementos, agora se prepara para absorver a mente por completo" — Theodor W. Adorno, *Prisms*, tr. Samuel e Shierry Weber (Cambridge: MIT Press, 1981), p. 34.
6) OPPEN, em "Of being numerous", *Collected poems*, p. 173.

fragilidade e peculiaridade; não em sua unidade racional (como ela afirmou em seu último trabalho) mas em sua insensatez obsessiva, utópica, até mesmo em seu "desafio idiótico". Embora seja talvez Esparta e não Atenas o que é evocado; pois se as palavras viajarem pelo mundo, Riding (Jackson) parece nos dizer, que voltem com suas palavras intactas, sem verniz, sem som; ou use-as como escudos, se precavendo contra tudo o que seja destrutivo e desorientador e vulgar, tudo que permute e caia em decadência, tudo o que as vozes enfeitem com tagarelices. "Venham, palavras, venham das bocas", como Riding escreve num poema,

> Venham embora, palavras, para onde
> O sentido não se engrosse
> Com a substância impaciente da voz,
> ...
> Venham embora, palavras, para o milagre
> Mais natural que a arte escrita.
> Tens um quê de demônio,
> Mas sei um jeito de amansar
> Esse seu redemoinho quando a fala blasfema
> Contra a metade quieta da linguagem
> ...
> Centrando a fala absoluta
> Na primeva insonoridade da verdade.[7]

Esse livro não decide nada para mim; me deixa com questões que ecoam em minha mente e em minha língua. Poesia — pode ser? — um lutar não por veracidade mas por verdade? E se tudo o que fazemos enquanto poetas — nossas formas, estruturas, nosso amor pelos sons e padrões — estiver nos levando para ainda mais longe dessa verdade singular? E se, quer dizer, as palavras tivessem sentidos únicos, chame-os de sentidos racionais, e se nossa poesia e filosofia e lingüística e dicionários nos levassem para fora dessa

---

[7] "Come, words, away", em *Selected poems*, p. 59; as últimas duas linhas presentes apenas em *The poems of Laura Riding: A new edition of the 1938 collection* (Nova York, Persea, 1980), p. 136.

racionalidade embasada de palavras — rumo a algum jogo evasivo de valor relativo?

(Riding) Jackson nos chama de volta não para alguma verdade externa a nós mesmos mas a uma verdade acessível a todos, uma verdade que está em cada palavra que usamos, uma "verdade [que] requer linguagem para seu fazer". Ela nos chama de volta para as raízes da nossa linguagem, que é nossa casa humana, nosso lar de destino.

O SORRISO DE LAURA RIDING*

*Carla Billiteri e Benjamin Friedlander***

A face clara soletra / Uma ilegibilidade brilhante de nome. O sorriso de Laura Riding, como sua poesia, mantém o leitor no fio da navalha de uma dialética: crueldade e doçura, astuciosamente relacionadas numa lenta sedução da essência, com o eterno resultado sendo mera beleza — não triunfante o bastante, ai, para *esta* sedutora reivindicar, mesmo em nome da experiência sincera.

Ouvidos reportam primeiro os ecos, / Então sons, distinguem palavras, / Cujos sentidos chegam por último — / Das bocas afloram vocabulários / Como se mágica. Por não ser possível a alguém *ver* uma essência, para Riding não basta cortejar o abrir dos olhos do leitor. O leitor tem que pensar, e pensar exige distinção, divisão, dialética, antagonismo, observações cortantes. Observamos os lábios para entender o que eles estão dizendo, e apreciamos imensamente esse observar: dois lábios falando com um único propósito, ou desdenhando da fala com um sorriso intencional. Mas tão logo esta intenção é compreendida, desviamos os olhos imediatamente. De vergonha, raiva, perplexidade, desilusão ou pior.

---

*) Em negrito, citações dos poemas "The signature", "Abrir de olhos", "Celebration of failure", "The rugged black of anger", "Doom in bloom", "A definição de amor", "Growth" e "Christmas, 1937".

**) CARLA BILLITERI e BENJAMIN FRIEDLANDER ensinam poesia e poética na Universidade do Maine e recentemente traduziram um livro de epigramas italianos. Friedlander, também poeta, prepara um livro de ensaios experimentais sobre poesia contemporânea para a Universidade do Alabama. Billiteri é autora de vários ensaios sobre Riding e história.

E o julgamento arrogante, / Que desaprova um plano sem falha, / Agora sorri sobre esta execução aleijada. / E minha beleza derrotada me elogia. Riding corteja nossa compreensão por meio do desvelamento da beleza na linguagem. O desvelamento *é* sua beleza, que só ocorre *como* linguagem, mas nós, leitores orgulhosos, embora compreendamos sua intenção, ainda preferimos seu fracasso. Nós queremos *ver* em vez de *pensar*. O strip-tease da beleza é infinitamente mais doce para nós do que a essência do strip-tease, especialmente quando aquela essência revela uma forma de verdade tão cruel quanto a de Riding.

O negro vigoroso da raiva / Tem uma fronteira-sorriso incerta, / Pois vidro partido não anuncia // O pétala-avanço monstruoso das flores, / Pois a singularidade do coração tolera / A mente acoplada em outras criaturas. Como a raiva que irrompe a "fronteira-sorriso incerta" de um amante enciumado, a verdade de Riding traz pouco conforto. Felizmente para nós, sua poesia traz pouca verdade. Em vez disso, o que ela traz é a dramatização de um relacionamento fracassado. Não entre duas pessoas, mas entre dois hábitos mentais: um tendendo em direção à essência das coisas, o outro em direção ao prazer e violência que advém de seu relato mutilado.

Mas o risco de tudo distrai / O naufrágio do destino em sorrisos iguais. Laura Riding: uma flor carnívora que explodiria as paredes de sua estufa — e fracassa.

Intraduzível / O Amor permanece / Um futuro nos cérebros. Como os lábios de um sorriso em guerra consigo mesmo, a poesia e a filosofia comunicam, em uníssono, uma mensagem cujo sentido está longe de ser claro. Como seria de outra maneira? A filosofia *sente* seu caminho em direção à verdade. A poesia *pensa* seu caminho em direção à beleza. Embora a filosofia, "amor à sabedoria", sofra a promiscuidade do pensamento com a fidelidade de alguém escravizado pela beleza. O divórcio nada resolve.

E assim o hábito do sorriso muda. E mesmo ela assim *podou* para sempre suas relações com a poesia. Mal podendo conter sua raiva, ela dá um sorriso à sua própria produção e diz adeus. Um adeus ensaiado com tanta freqüência *dentro* de sua própria poesia que a verdadeira despedida poderia até mesmo ser a afirmação de um compromisso.

Os sorrisos permitidos da transgressão. A impossibilidade de aprender a verdade da poesia é análoga ao problema de ler o sentido claro de um sorriso. Essa impossibilidade — o fio da navalha da obra de Riding — permanece sendo hoje sua principal reivindicação sobre nossa atenção atual.

SOBRE O TRADUTOR

RODRIGO GARCIA LOPES *(Londrina, PR, 2/10/1965) é autor de* Solarium *(Iluminuras, 1994),* Visibilia *(Sete Letras, 1997),* Polivox *(Azougue, 2001),* Poemas selecionados *(Atrito Art, 2001) e* Nômada *(Lâmparina, 2004). Traduziu, com Maurício Arruda Mendonça,* Sylvia Plath: poemas *(Iluminuras, 1990) e* Iluminuras — gravuras coloridas, de Arthur Rimbaud *(Iluminuras, 1994). Publicou o livro de entrevistas* Vozes & Visões: panorama da arte e cultura norte-americanas hoje *(Iluminuras, 1996). É mestre em humanidades pela Arizona State University (com dissertação sobre William Burroughs) e doutor em letras pela Universidade Federal de Santa Catarina (com tese sobre Laura Riding). Em 2001 lançou o CD de música e poesia* Polivox. *Edita, ao lado de Marcos Losnak e Ademir Assunção, a revista de literatura e arte* Coyote.

OUTROS TÍTULOS DESTA EDITORA

AMÉRICA
Clássicos do conto norte-americano
Nathaniel Hawthorne, Edgard Alan Paul, Herman Melville, Mark Twain,
Ambrose Bierce, Henry James, Hamlin Garland, Edith Wharton,
Stephen Crane, Jack London, Sherwood Anderson

CLÁSSICOS DO SOBRENATURAL
W.G. Wells, Rudyard Kipling, Henry James, Edward Bulwer-Lytton,
W.E. Jacobs, Charles Dickens. Edith Wharton, Bram Stoker,
Joseph Sheridan Le Fanu, M.R. James, Robert Louis Stevenson,
Sir Arthur Conan Doyle

COMO É
Samuel Beckett

O CORAÇÃO DAS TREVAS *SEGUIDO DE* O CÚMPLICE SECRETO
Joseph Conrad

O CORPO O LUXO A OBRA
Herberto Helder

O ENTEADO
Juan José Saer

ENTRE LEMBRANÇAS E ESPERANÇAS
Rita Buzzar

AS FERAS
Roberto Arlt

JARDIM DE CAMALEÕES
A poesia neobarroca na América Latina
Claudio Daniel (org.)

MÍNIMALÂMINA
Erivelto Busto Garcia

NA ESTRADA
Maximiniano Campos

POEMAS E FRAGMENTOS
Safo de Lesbos

A RECEITA DE MARIO TATINI
Teresa Cristófani Barreto

ROBINSON CRUSOE
Daniel Defoe

SEMPRE SEU, OSCAR
Oscar Wilde

SONHOS
Franz Kafka

AS TENTAÇÕES DE SANTO ANTÃO
Gustave Flaubert

O TERROR *SEGUIDO DE* ORNAMENTOS DE JADE
Arthur Machen